高嶺さん、
君のこと好きらしいよ
2
イラスト：池内たぬま
猿渡かざみ
JN018592

平林
キーコ
瀬波ユウカ
天神岡クルミ

「──間島君、あーんです！」
「あ、あーん？」
高嶺サキ

まさかあの「あーん」か？
おれの眼前に突き出された匙、そこに乗った僅かな米粒。
そのまさかであった。
さすがのおれも存在自体は知っているが、
まさか自分がやられる立場になるとは夢にも思っていなかった。
間島ケンゴ

「お願いです、高嶺先輩」
「間島センパイに助けられて好きになってしまっただけなら
――もう手を引いてください」

「…………」
静かで暗い夜の海に、しばらくの間、
波の打ちつける音だけが響きました。

もくじ

はじめに　011
第一部　デート後のメッセージは感想を添えるべし　036
第二部　ギャップ効果を狙うには、まず自分を知るべし　072
第三部　恋愛相談は異性も交えるべし　122
第四部　距離を縮めるにはまず共通点を作るべし　170
第五部　好きな人とは目を合わせて話すべし　218
おわりに　268

高嶺さん、
君のこと好きらしいよ
2
猿渡かざみ
イラスト：池内たぬま

高嶺サキ
【たかね・さき】
めでたく間島くんと付き合うこともでき、
幸せな日々を送る女子高生。
間島ケンゴ
【まじま・けんご】
高嶺さんと付き合うことになったが、
自分が相応しい男なのかで悩める
男子高校生。
瀬波ユウカ
【せなみ・ゆうか】
サキの親友。
サキの恋路が無事に実り面倒な
世話役から一時解放中。
平林キーコ
【ひらばやし・きーこ】
サキの「イマモテ」仲間――は
仮の姿で、恋愛クリエイター
「mori」本人。
天神岡クルミ
【てんじんおか・くるみ】
ケンゴの中学時代の空手部の後輩。
ケンゴを崇拝している。
荒川リク
【あらかわ・りく】
ケンゴの風紀委員仲間。
バスケ部。
岩沢タツキ
【いわさわ・たつき】
ケンゴの風紀委員仲間。
サッカー部。
characters

はじめに

■間島(まじま)ケンゴの章■

「……分からないことばかりだ」

寄せた眉間(みけん)が引きつりそうになるほど長い時間。

手書きのメニュー表と一対一の格闘を繰り広げた末、しかしおれの口をついて出たのは半ば降伏宣言じみた独り言であった。

店内の冷房は外の猛暑を差し引いてもむしろ効きすぎなぐらいだが、頭だけが妙に熱を持っている。そしてその熱は今なお増す一方だ。

想定外、まったくもって想定外の事態が起こっていた……。

「ま、間島君？」

一体どれほどそうしていたのだろう、頭上から名前を呼ばれてはっとなる。

おれはメニュー表へ落とした視線をすかさず対面に座る彼女へと向けた。

「その、大丈夫ですか？」

「……高嶺(たかね)サキ」

陶器のように白く透き通った肌、
ナチュラルなぱっちり二重、
すっと通った鼻筋、
スレンダーでありながらも女性的な体つき、白魚のような指、
そして背中まで伸びた美しい髪は、その一本一本が絹糸のように艶めいている。

どこか人間離れしたその美しさは、いついかなる時でも一貫した無表情から生まれるのだろう――というのは、もはや過去の話で。

彼女、高嶺サキはいかにも心配げな顔でこちらを見つめていた。

「かれこれ10分ぐらいそうしていますけど……」

――しまった。

「あ、ああ……すまん、待たせてしまって、今決める」

「いえいえっ⁉　別に急かしたわけじゃないですよ！　どうぞゆっくり選んでくださいっ！」

高嶺サキが慌てて否定する。

手のひらをぶんぶん振る仕草がなんだか小動物のようで可愛らしい。

「ただ間島君があんまりにも難しい顔をしていたので、何か困ってないかなー……なんて」

「おれは今、そんなにも難しそうな顔をしていたか？」

「え――と……はい」

歯切れは悪いが確かな肯定、ばつが悪そうにほんの少し目を逸らす仕草さえ可愛らしく――じゃない、そんなことを言っている場合ではなかった。

「大丈夫だ、なにも問題はない……」

おれは再びメニュー表へ視線を戻す。

「間島君がそう言うなら、待ってますね」

「すまないな」

「いえいえ、その間に友だちのＭＩＮＥ返しちゃうので、気にしないでください」

すでに注文の決まっている高嶺サキは、そう言って、おれに気を使わせないためかスマホをいじり始めた。

その心遣いは素直にありがたい、おかげでおれは冷静にこの問題に対応できる。

人生最大の、この難問に。

「……」

……何故。

「…………」

何故だ……！

「……………！」

――何故季節のタルトが「さくらんぼ」ではないのだ！

おれは下唇をぎゅっと噛んで、大声で叫び出しそうになるのをなんとか堪えた。

洒落たカフェのマナーは知らないが、そんなことすればすぐにつまみ出されるであろうことぐらい分かる。

……分かっている、分かってはいるのだ。

誰が悪いわけでもない、悪いのはひとえにおれのリサーチ不足だ。

「……」

考えろ、ここまでは完璧だった、はずだ。

まずは一般的な高校生がどのようなデートをするものなのか、風紀委員仲間の荒川と岩沢に尋ねた。

――うーん、まあ最初は無難に雰囲気のいいカフェとか喫茶店でお喋りじゃねえの？

――喫茶店？　女子はそんなところがいいのか？　意外だな。

――間島君、いちおーね、いちおー言っておくけど、ここで言う「喫茶店」は爺さん連中が昼間っから新聞広げてモクモク煙草ふかしてるような場所のことじゃないからね？

――それ以外の喫茶店があるのか？

――（2つの溜息）

というやり取りを踏まえたうえで、彼らが言うところの「雰囲気のいいカフェないし喫茶店」の情報を集め始めた。

　そして家からのアクセス・価格帯・上高生（カミコー）による評価など、様々な要素を総合的に照らし合わせた結果、上村（かみむら）高校から徒歩10分圏内に位置するここ——カフェ『Qui Mamma』が最適解との答えを導き出したわけだ。

　更に念には念を入れて、上村市立図書館が所蔵するタウン誌のバックナンバーからカフェ『Qui Mamma』に関する全ての記載を洗い出し、この店では「さくらんぼのタルト」を注文するのが鉄板であることまで突き止めた。

「勝兵は先（ま）ず勝ちて而（しか）る後に戦いを求め、敗兵は先ず戦いて而る後に勝を求む」……大仰にも孫子の言葉を引用するほどには、おれは浮かれていたのだろう。

　しかしそれは単なる思い上がりであったと言わざるを得ない。

——すみません、季節のタルトは昨日から日向夏（ひゅうがなつ）のタルトに切り替わっておりまして……。

　この時のおれの内心の動揺ときたら、計り知れない。

　かろうじて「ではもう少し考えさせてください」と店員へ伝えることができたのは、我ながら奇跡と言えよう。

「…………っ」

　おれだってとりわけ「さくらんぼ」が好きなわけでも「タルト」が好きなわけでもない。

　しかし日向夏のタルトは予定になかった。

　加えて、

――すみません、今日はこちらの手違いで紅茶の茶葉を切らしておりまして、ドリンクはコーヒーかオレンジジュースのみとなっております。

またも予定にないアクシデント！

度重なる不測の事態で、おれのプランは完全に破綻してしまった！

焦げつくような焦燥感が頭の奥でちりちりと音を立てている。店内に流れるスローテンポなボサノヴァ・カバーですら、おれを急かしているかのようだ。

「………間島君？」

どうする？　こうなったら思い切って当初の予定通り季節のタルトを注文するか？

いやしかし、おれが調べた範囲で「日向夏のタルト」に関する情報はいっさい確認できなかった。

新メニューか？　だとしたら危険すぎる！

初めて来る店でなんの前情報もないメニューを注文するなど蛮勇だ！　失敗が許されない今の状況でとるべき選択肢ではない！

「あのー、間島く――ん……？」

仮に季節のタルトを注文するとして飲み物はどうする？

当初の予定ではアイスティー一択だったが、今やその選択肢はなくなってしまった。

これまでの経験上、コーヒーがおれの体質に合わないことは分かっている。

となるとオレンジジュースか？　甘いタルトに甘いジュース？　柑橘(かんきつ)と柑橘？　ダメだ！お互いの風味を殺し合ってしまう！　それでは本末転倒(ほんまつてんとう)じゃないか！

　こうなったらいっそ水を一杯もらうだけでも……いやいやいや！　そんなことをしたら高嶺(たかね)サキに気を使わせてしまうだろう！

「ま、間島くーん？　おー――い……」

　一般にさくらんぼの旬は5月から7月にかけての間で、今は7月下旬。紅茶の件はまだしも、季節のタルトに関しては予見できるはずだった。

　やはり事前に下見をするべきだったのだ！　そうすれば今になってこれだけ頭を悩ませることもなかった！

　しかし今更言っても遅い、今はこの窮地を脱するべく知恵を振り絞るんだ！

「え、ちょ、間島君、なんか顔が怖……」

　考えろ！　同じ季節限定メニューなら桃のパフェはどうだ？　これなら日向夏のタルトより味の想像はつきやすい……が！　サイズ感が分からない！　さほど甘党でないおれには持て余すかもしれん！　ガトーショコラなんてのもある。いやいや、チョコレートとオレンジジュースの相性が最悪だ！　考えただけでぞっとする！　そもそもデザートメニュー全般ジュースとの相性がよろしくない！

　ならいっそデザートメニューに縛られず食事を注文するか？　ドリアやピラフ……いやが

っつりすぎる！

このアメリカンというやつはなんだ？

直訳すれば「アメリカ風の～」となるが、アメリカ風のなんなんだ。ナポリタンのようなものか？　新潟には「イタリアン」という中華麺にミートソースを絡めたB級グルメが存在するが……となればアメリカンは麺料理？

しかしアメリカならではの麺料理などおれは寡聞にして知らんわけで……いや待て待て落ち着け！　脱線してきているぞ！

ダメだ、考えれば考えるほど頭が――。

「――間島君っ！」

はっ、となった。

我に返ったという表現の方が適切だろうか。

「……高嶺サキ……？」

面を上げると、すぐ正面にテーブルから身を乗り出した高嶺サキの顔がある。

そしておれの隣には――いつからそこにいたのだろう？　どこか所在なげに立ち尽くす、店員さんの姿があって……。

「え、ええと……そのー、そろそろご注文……お決まりでしょうか……？」

「――オレンジジュース2つとあと冷たいおしぼりくださいっっ!!」

間髪容れず高嶺サキが答えた。

それによって緊張の糸が切れたおれは、まるで空気を抜かれた風船のように、だらしなく椅子の背もたれへと沈み込む。

……余談だが、疲れ切った頭には冷たいおしぼりと自家製オレンジジュースの自然な甘みが心地よく染み渡った。

どうやら高嶺サキが正解だったらしい。


「も──っ、ちょっと怖かったんですよ、私」

喉も潤して一息ついたのち、高嶺サキはリスよろしく頬を膨らませながら言った。

やけに可愛らしいが怒っている……んだよな？　これは。

……無理もない。

「次から二人でいる時にいきなり黙り込むのやめてくださいね、心配しちゃうので」

「……努力する」

おれはかろうじてそう答えて、自らの情けなさに内心溜息を吐いた。

……どうしておれはこう、世の男性諸君のようにスマートにできないのだ？

いや反省はあとにしよう、今はまずこの失点を取り返して、初デートを完遂することに専念しなくては。

「そろそろ出ようか」

「ええそうしましょう」

先におれが席を立って、続いて高嶺サキも席を立つ。

会計は済ませてあるので、あとはこのまま店を出るだけだが……。

「少し待て」

その前に、おれはカバンから学校指定のカーディガンを取り出して、それを高嶺サキに差し出した。

「よかったらこれを着るといい」

「えっ？　どうして……」

「少し血色が悪い、冷たい飲み物で身体が冷えたんだろう」

いよいよ真夏に差し掛かるとはいえ店内の冷房は少し強めだった。

おれですら寒さを感じたほどだから、女性である高嶺サキはもっとだろう。

「迷惑でなければ使ってくれ」

「でも……いえ、ありがとうございます！　使わせていただきます！」

彼女はぺこりと頭を下げてこれを受け取り、おずおずとカーディガンに袖を通し始めた。

さすがに少し大きいようだが、着れないことはないといった感じだ。念のため持ってきてよかった。

「大丈夫そうか？」

「はい！　すごく暖かいです。でも間島君は……？」

「おれは代謝がいいから気にしなくても……何を嗅いでいるんだ？」

「あ、いえ！　ごめんなさいっ！　間島君の匂いがするな～……なんて、えへへ……」

「………臭うか？」

「そんなこと言ってませんよっ！」

「そ、そうか……」

気を遣ってくれたのだろうか……一応衣替えの際クリーニングには出したのだが……

さりげなく自分が今着ているTシャツを嗅いでみたが、分からない。

それにしても高嶺サキはよっぽど身体が冷えていたようだ。

「……本当に、暖かいです」

カーディガンをさっき羽織ったばかりなのに、すでに頬が紅潮していた。

……もっと早い段階で上着を渡すか、もしくは店員さんに頼んで冷房を弱めてもらうべきだったか？　やっぱりおれはイマイチ締まらない。

「……とりあえず出ようか」

おれは向こうにいる店員さんに軽く会釈をして、ドアノブに手をかける。

そしてそのまま重たいドアを押し開くと……

「うん？」

ざあああっと、雨粒がアスファルトを打つ音が一気に店内へなだれ込んできた。

「わ、すごい雨……！　気付きませんでした……」

「夕立か、天気予報にはなかったが……結構強いな」

どうりで肌寒いと思った。

これもまたおれの予定になかったことだ。

「どうしましょう、私、傘持ってきてないです」

「……恥ずかしながらおれもだ」

なんだか今日はおれの詰めの甘さを一つずつあげつらわれているかのような一日だ。

自分の無計画さには全く恥じ入るばかりだが……ともかく、このまま立ち往生していたって仕方がない。

「確かこの先にコンビニがあったな」

「ありますけど……どうするんですか？」

「ちょっと走って傘を買ってくる、少し待っていてくれ」

「だ、ダメですよ!?　間島君が濡れちゃいます！」

「走るから問題ない」

「ありますって！　走ったって5分はかかる距離ですっ！　風邪引いたら困りますっ！」

今にも屋根の下から飛び出そうとしたところを引き留められた。

気遣いは嬉しいが、これはおれのミスだ。どうか挽回する機会をくれないかと頼もうとした、その時。

「よろしければ……」

一体いつからそこにいたのだろう。

顔を真っ赤にしておれの腕を引っ張る高嶺サキのすぐ後ろに、店員さんの姿を認めた。

銀縁眼鏡の下で目を細める彼女の手には、一本のビニール傘が握られていて……

「お使いになりますか？」

——俗に言う、相合傘というやつであった。

「濡れていないか？」

「だ……大丈夫です」

大きな雨粒がばたばたと傘のビニールを叩いている。

アスファルトの濡れた匂いが熱気に乗って顔にまとわりついてくるのが分かった。

存外、悪いものではない。

「……いいお店でしたね」

「まったくだ」

高嶺サキの頭上を気遣いながら、おれはしみじみ答える。

いわゆる「雰囲気のいいカフェ」というやつは初体験だったが、本当にいいところだった。内装は洒落ているし、ドリンクもうまい、店員さんも親切だ。

近いうちにまたお邪魔して、そしてその時に傘を返そう。

そうだ、次は日向夏のタルトを食べてみるのもいいかもしれない。一人ならたとえ失敗したところで……おっと、

「待て高嶺サキ、水たまりがある」

「わっ、ありがとうございます」

高嶺サキが一旦足を止めて水たまりを回り込む。

おれはそれにぴったりくっついて彼女の身体が濡れないようにする。ビニール傘は決して大きくないので細心の注意を払わなければいけないが……

ふと、隣を歩く高嶺サキがこちらを見上げていることに気がついた。

「どうした？」

「……いーえー、なんでもありませんよー、ふふっ」

「？」

「なんといいますか、恋人みたいだなーなんて、思ったり、しまして」

そう言って、彼女は水たまりの端っこをぱしゃぱしゃやりながら、踊るように先へ行ってし

まう。おれは慌ててその背中を追いかけた。

「おかしなことを言う、恋人みたいではなく実際に恋人関係だろう？」

「そうなんですけど、そうじゃなくて……みたいですよ！　み、た、い！」

「？？」

高嶺(たかね)サキの言うことは相変わらず難解だ。

恋人関係になった今となっても……いや、以前にまして分かりづらくなった気がする。

分からないことばかりだ。

ただ一つ分かるのは、あからさまに目を逸(そ)らした彼女の顔が、耳まで真っ赤に紅潮していることだけである。

「高嶺サキ？　なんだか顔が赤いようだが……」

「そんなことよりこの後どうしましょうかねっ!?　ね!?　間島(まじま)君!?　ね!?」

「この後か……」

本来ならもう一つ行きたい場所もあったのだが……あいにくの雨だ。悪天時の代案を用意すべきだったと、つくづく自分の準備不足が悔やまれる。

となれば、高嶺サキの体調も鑑(かんが)みてここでとれる最善の選択は。

「濡(ぬ)れると悪いし、帰――」

――ところでおれは人一倍、他人の感情の機微に疎(うと)い。

人の気持ちを推し量るなどおそらくこの世で最も苦手なことの一つだ。

しかし、気のせいだろうか。

「帰……？」

じいっとこちらを見つめる高嶺サキは、心なしか静かに怒っているように見えた。

まずい、おれはまた何か間違えようとしている。

「――りはなるべく屋根の下等、濡れない道を通りながら、用心して――」

「用心して……？」

「――お、おれが家まで送っていこう」

「ええ？　いいんですかぁ？　そんな悪いですよぉ」

遠慮するような素振りを見せながらも、たちまち高嶺サキの表情が明るくなった。

危ない……！　どうやら正解だったようだ……

「私の家、ここからそんなに離れていないんですよ」

「そうか、それなら安心だ」

ともかく自分から口にした以上は、きちんとエスコートしなくては。

「じゃあ行こうか」

「はい！　よろしくお願いします」

おれたちは再び並んで雨の中を歩き出した。

「雨、すごいですね」

「この感じだとまだ降りそうだな、今日は他にも行きたいところがあったのに残念だ」

「今度行きましょうよ、今度」

……そうか、おれたちには「今度」があるのか。

そんな当たり前のことを再確認して、なんだかしみじみ嬉しくなる。

「そうだな、今度だ」

「ええ、今度です」

そこで一旦、会話が途切れる。

雨に煙るという表現があるが、その言葉の通り視界に映る町並みは夢のようにうすぼんやりしていた。

絶え間ない雨音も相まって、こうしてお互い無言でいると、なんだかおれたちの周りだけ世界から切り離されたようだ。

静寂に雨音、なんと趣があることか――。

と、以前までのおれならそう思っていただろう。

しかし……

「……」

「……」

「…………………！」

……落ち着かない！

しきりに隣を歩く彼女へ目をやったり、触れ合いそうな肩を気にしたり、彼女に合わせようとして歩調が乱れたり……。

いったいどうしたことか⁉　おれは生まれて初めてそわそわしてしまっている！

「……」

……落ち着け、武道の世界には「不動心」という言葉がある。

何事にも動じない精神……途中退部してしまったとはいえ中学3年間、おれは空手部でこれを学んできたはずだ。

試合前のあの研ぎ澄まされた刃物のような集中力を思い出せ。

何事にも動じない心、何が起こっても、不動……。

「……あの、間島(まじま)君」

「どうした」

「…………なんだか緊張しちゃいますね、なんて」

「………………………………………………そうだな」

いや無理かもしれん。

照れ臭そうに言う高嶺(たかね)サキを前にして、おれの「不動心」はかくも無力であった。

動悸が速くなっているのを感じる。

「……」

……ままならないものだ、と心中呟く。

どうして、この世で最も平静でいたい相手の前でだけ、心が乱れてしまうのか。

おれは自然と隣を歩く彼女へ視線を向けていた。すると、彼女の手元が妙に落ち着かないことに気付く。

よく見ると、指先が赤くなっていた。

「手が冷えるのか？」

「え？　あ……そ、そうですね、ちょっとだけ」

言い当てられたことが恥ずかしいのか、はにかみながら答える高嶺サキ。

可愛らし……じゃない。

「少しだけ待っていろ」

「え？」

おれは高嶺サキに傘を預けると、近くの自販機へ駆け寄った。

そして目当てのものを買うと、すぐに高嶺サキの下へ戻り、傘と交換するかたちでソレを差し出す。

「すまない、これしかなかった」

「えーと……お茶？」

そう、高嶺サキに手渡したのはペットボトルのほうじ茶だ。もちろん「あたたかい」である。

「本当ならカイロがあればよかったのだが」

まあこの季節に自販機でホットドリンクが売っていただけでも幸運と思わなくては。

「これで指を温めてくれ、キャップも緩めてある」

「……」

考えうる最善の選択肢を選んだ、つもりだった。

しかし何故だろう？

ペットボトルを見つめる高嶺サキの唇が、見る見るうちに尖っていって……。

「……間島君は優しいですけど、女心が一ミリも分かっていませんよね」

「なっ」

「ありがとうございますっ、本当に助かりましたっ」

ど、どっちだ!?

賛辞と不満を同時に送られておれは全く混乱してしまった。

「まったく……普通こういう時は……を……ぐものでしょう……」

「す、すまん雨音でよく聞こえなかったのだが、今なんと？」

「なんでもありませんよー、っと」

そのむくれた顔はなんでもあるだろう!?

難しい……!　難しすぎるぞ女心!

ほうじ茶をちびちび飲む高嶺サキの、どこか不満げな横顔を見つめながら、おれは今にも叫び出してしまいそうだった。


そんなこともありつつ、ぽつぽつと短い言葉を交わしながら歩くこと十数分。

「あっ、ここです、ここが私の家です」

メインの通りから少し外れた住宅街にある一軒家を指して、高嶺サキが言った。

「ここか」

なるほどカフェからはそれほど離れていない。

なんの変哲もない三角屋根の白い家屋だ。駐車場には車が1台停まっている。

ふだんなら決して気にかけないし記憶にも残らないだろうが、好きな人の家だと知ると途端に奥行きさえ感じるのは不思議だった。

ともかく、これにてエスコート完了である。

「じゃあ今日はここで解散だな」

「ええ、名残惜しいですけどね」

高嶺サキを玄関先まで連れていくと、おれはさりげなく彼女の表情を窺う。

……なんせ記念すべき初デートだ。

果たして楽しんでもらえただろうか？

おれのデートプランに間違いはなかっただろうか？

こういったことを訊くのはよくないだろうと分かっていながら……。

「その……今日はどうだった？」

つい我慢できず尋ねてしまい、あとから果てしない後悔がやってきた。

何を訊いているんだ、おれは！

「どうって、それは……」

おそるおそる高嶺サキの表情を窺う。

すると彼女は、中身のだいぶ少なくなったほうじ茶のペットボトルをまるで宝物のように握りしめながら、

「とっっっても楽しかったです！　今日はありがとうございました！」

向日葵のような笑顔で言って、ぺこりと会釈をした。

「そ……そうか？　楽しかったか」

「はい！　お店まで決めてもらっちゃって、本当に嬉しかったですよ！　このお茶も！」

「いや、別に礼を言われるようなことじゃ……」

「私が言いたいんですよぉ……あ！　このカーディガンも週明けに洗ってお返ししますね！」

「あ、ああ、ありがとう……その、適当でいいぞ、適当で……」

「じゃあまた学校で会いましょう！」

「またな……」

玄関までの短い距離で、何度もこちらへ振り返って手を振り直す高嶺サキ。おれはそんな彼女の背中を最後までしっかり見送った。

大きな雨粒がばたばたと傘のビニールを叩いている。

雨音と静寂、そして孤独、今度こそ「趣」を感じられる――。

――かと思いきや、そんなことは全くなかった。

「…………本当にそうか？」

世界一頼りない呟きは、すぐに雨音がかき消してくれる。

不動心はどこへやら、おれの胸の内は雨の日の水面のごとく泡立っていた。

高嶺サキの前で無意識にその言葉を口にしなかった一点に関してだけは、自分を褒めるべきだろう。

本当に……本当に高嶺サキは今日のデートを楽しんでくれたのか⁉

おれに気を使ってああ言ってくれただけではないのか⁉

事実今日のおれは失敗ばかりだ！

そんな思いが、ずっと頭の中にあったせいかもしれない。

——カフェを出てからついぞ一度も高嶺サキと目を合わせることができなかった。

「……っくしゅ」

一人反省会は、間抜けにもくしゃみによって締めくくられる。

びっしょり濡れて張り付いたシャツの左肩の冷たさに、おれはぶるりと身体を震わせた。

「これはまずいな」

自慢じゃないが、おれは人一倍健康に気を使う。

夜は21時に床へつき、朝5時に起床する。運動も欠かさないし、食事の栄養バランスだって考える。そのおかげで体調を崩したことなど数えるほどしかない。

だからこそ、ソレの前兆にも人一倍敏感だった。

「……明日一日でなんとかなればいいが」

おれはすぐさま踵を返すと、気持ち早足に帰路へついた。

第一部　デート後のメッセージは感想を添えるべし

■間島(まじま)ケンゴの章■

「ケンゴが風邪引くなんて珍しいじゃん」

部屋まで様子を見に来た姉さんは、そう言ってふわあと大きな欠伸(あくび)をした。

そろそろ日も落ちる頃だが、下のスナックで働く姉さんにとっては今が「日の出」であり「一日の始まり」なのだ。

「小学生の頃、はしかにかかって以来じゃない？　明日は雪でも降るのかな」

「中学1年の頃インフルエンザにかかって以来だ」

「こんな真夏に綿入りの半纏なんて羽織っちゃってまあ」

「週明けまでにどうしても治したい、球技大会があるんだ……分かったら早く出ていってくれないか、マスクをしているとはいえうつしたらまずい」

「ねえねえ、せっかくだし仕事休んでアタシが看病してあげよっか？」

「結構、一人で十分なんとかなる」

「ちぇっ、可愛(かわい)げのねえヤツ～、言われなくても出ていってやるよーだ、寂しくなっても知らねえぞ～」

「出ていく前に手指の消毒をしていってくれ、台所に消毒用のアルコールがある」

「なんでアタシより病人の方がしっかりしてるんだか……とりあえずアタシ下で仕事してるからなんかあったら電話して、お大事に～」

「ああ、おやすみ」

姉さんがひらひらと手を振りながらおれの部屋を後にする。あとには静けさが残った。

……あんな口ぶりだが、ちゃんとおれのことを気にかけてくれているのだろう。

姉さんの気遣いにしみじみ感じ入りながら、おれは布団の中へ潜り込む。

寒気、倦怠（けんたい）感、関節痛、喉の違和、そして発熱。

「お手本のような風邪だな……」

幸い明日は日曜日だ。丸一日安静にして熱を下げれば、週明けには問題なく球技大会に参加できるし、皆勤賞も守られる。

もちろん高嶺（たかね）サキからカーディガンを受け取ることも……。

「……そうだ、忘れていた」

おれは布団の中でのっそりと寝返りをうち、枕元のスマホを取った。

見ると、2時間ほど前――ちょうど高嶺サキと別れた直後――に、彼女からメッセージが届いていた。

──間島君へ
──高嶺サキです（頭を下げる絵文字）
──今日はありがとうございました！　とっても楽しかったです！
──無事帰れましたか？　結構冷え込んだので体調崩さないよう気をつけてください！
──またどこか遊びに行きましょうね（音符の絵文字）
──あ、あとカーディガンは週明けに必ず洗って返します！（泡の絵文字）（泡の絵文字）

「彼女は本当にマメだな……」

感心しながら、おれはあまり働かない頭でメッセージを返信した。

「……」

役目を終えたスマホを枕元へ置いて、瞼を閉じる。

熱のせいか枕に沈めた後頭部がずきずきと痛み始めた。

これは本格的にこじらせてしまったな……

そんなことをおぼろに考えながら、おれはまどろみの中へと落ちていった。


……気が付くと、煙の中にいた。

換気扇が古いのだろう、凄まじい音を立てている割にはその役目をまるで果たせていない。

もうもうと立ち込める白煙が、視界のほとんどを覆っている。

まるで夢のようにうすぼんやりとした光景……いや、実際にこれは夢だ。

何故なら、おれはこの光景を知っていた。そしてこの頭がずきずきと痛む理由も同様に知っている。

――数刻前、目の前に座る彼女からゲンコツをもらったのだ。

「ほらケンゴ、野菜ばっか食ってないで肉食いなよ肉ぅー」

姉さんが網で焼いた肉を頬張りながら、幸せそうに言った。

……そうだ、ここは焼肉屋だ。

店名はもう思い出せないが、中学3年生の頃、姉さんに一度だけ連れてこられた町はずれにある小さな焼き肉屋。

狭くて年季の入った店内には、おれと姉さん以外誰もいない。

店主の婆さんの姿が見えないのは、確か奥に引っ込んでいたからだっけか。

「肉食わないとデカくなんないぞ～」

姉さんは鉄箸を使って、網の隅っこで黒焦げになったホルモンたちをおれの皿にひょいひょい乗せてくる。キャベツやらピーマンの上に転がる黒焦げのホルモンの群れはなんだか芋虫のようで、更におれの食欲を萎えさせた。

対する姉さんはジョッキいっぱいの生ビールと、いい焼き加減のカルビを忙しなく口へ運んで、ときおり「はー――っ」とやけに男らしい溜息を吐いている。

鉄箸を巧みに操るヴァイキングなど見たことはないが、おおむねそんな感じだ。

「姉さん、言いたいことが２つほどある」

と、夢の中のおれは言った。

「野菜食えって話ならやめな」

「……今１つになった」

「ガキのくせにせせこましいんだよアンタは、ホント父親そっくりだな」

おれが死んだ父さんにそっくりかどうかはこの際どうでもいい。

おれが聞きたいことは、

「どうしておれを焼き肉屋に連れてきたんだ？」

幼い頃に両親を亡くしたおれは、亡くなった父の姉――すなわち独り身であった姉さんの下へ引き取られた。

ウチは……お世辞にも裕福とはいえない、焼き肉だって今回が初めてだ。

「どうしてってそりゃ、めでたいことがあったら肉だろ」

……それがかえって分からないのだ。

「先生の前でクラスメイトを殴り倒して停学処分、加えて３年間あれだけ打ち込んできた部活動もたったさっき辞めてきた……その帰りなのに、めでたいのか？」

それを口にすると、夢の中のことなのに当時の罪悪感が鮮明に蘇ってきた。

……そうだ、おれは宮ノ下ハルトを殴り飛ばした。

高嶺サキが宮ノ下ハルトに脅されている場面を目撃して、つい手が出てしまったのだ。

罪悪感とともに、だんだんと記憶が蘇ってくる。

「……」

おれは多くの人に迷惑をかけてしまった。

「……はあーっ、責任感じると黙り込むところまで父親そっくり。そういやアタシの死んだ親父もそうだっけ？　懐かし」

「姉さん、おれは真面目に聞いて……」

「じゃあ逆に聞きたいんだけど、アンタは後悔してんのか？」

姉さんが鉄箸でおれを指す。

「泣いてる女を公然と侮辱するような男に、ついかーっとなって勢い任せにぶん殴って、それで後悔してんのか？」

「それは──」

おれは多くの人に迷惑をかけた。

しかし、これだけは胸を張って言える。

「──間違ったことをしたと思っているが、その結果に後悔はしていない」

「よし、じゃあ肉食いな」

有無を言わさず黒焦げホルモンを追加されて、おれは唇を尖らせた。

……答えになっていない。

「明日からしばらくもやし生活だかんな、食べ盛りの男子中学生、今のうちに食い溜めしておかねーと栄養失調でぶっ倒れるぞ～ガハハ」

「……おれはもう何発かゲンコツをもらう覚悟だったんだが」

「アタシ1回の説教でぶん殴るのは1発までって決めてんの、どーしても気が済まないんなら友だちに頼みな」

「なにを馬鹿な」

思わず鼻で笑ってしまう。

「友人に殴ってくれと頼むのか？　そもそもおれには友だちなんて一人も……」

黒焦げのホルモンを口に運びながらそう言いかけたのと、ソレが起こったのはほとんど同時だった。

ぴしゃんっと大きな音を立てて、玄関の引き戸が開いたのだ。

他の客かと思ったのだが、そうではない。

何故なら彼女は間違いなくおれを睨みつけており……加えておれのよく知る人物だったからだ。

「……センパイ、ここにいた」

後ろで束ねられた黒より黒い長髪、それとは対照的に雪のように白い肌。

よく引き締まったスレンダーな肢体。

そして刃物のごとく鋭い眼差し。

「……天神岡クルミ？」

2年C組・天神岡クルミ。

つい昨日までおれの後輩だった人物だ。

「どうしてこんなところに……」

「あらいらっしゃいお嬢さん、好きなところに座ってちょうだい」

厨房の奥から顔を覗かせた店主の婆さんが優しい声音で言う。

しかし天神岡クルミはそちらを見ようともしない。

「……」

無言のまま、ずんずんと距離を詰めてきた。

一直線に、おれの下へ。

「――オイ天神岡!?　やめろ！　落ち着け！」

開け放しになった引き戸の方から――どうやら彼女の後を追ってきたらしい、他の空手部員たちの声が聞こえてきた、その次の瞬間。

――おれは、天神岡クルミに殴り飛ばされた。

顔面に強烈な一撃をもらって椅子ごと吹っ飛ぶまでの間、入り口の方から顔を覗かせた部員たちが、店主の婆さんが、言葉を失っているのが見えた。

姉さんだけは何故か、おれのことなんかそっちのけでうまそうにカルビを頬張っていたが。

「て、天神岡……？」

「……」

天神岡クルミはもうもうと立ち込める煙の中、黙りこくってこちらを見下ろしている。

いや、黙っているというよりは感情がうまく言葉にできない様子だった。

そんな彼女の潤んだ瞳を見ていると……。

「……っ」

どうしてかおれは耐え切れなくなって、彼女から目を逸らしてしまった。

「センパイは大馬鹿野郎です！　センパイは……センパイは、私のことを裏切りましたっ!!」

天神岡クルミの震える声が、やけに耳朶に響く。

それから遅れてやってきた部員たちが暴れる彼女を取り押さえて店の外へ引っ張り出すのに、さほど時間はかからなかった。

再び肉の焼ける音だけが聞こえる店内で、姉さんがぽつりと呟いた一言をおれはきっと一生忘れない。

「アタシの息子は、幸せもんだな」

……分からないことばかりであった。
どうして天神岡クルミはおれを殴ったのか、
おれは天神岡クルミをどのように裏切ったのか、
あのひどく哀しそうな、怒ったような目にはどんな意味があったのか。
——どうして姉さんはあの時初めておれのことを「息子」と呼んだのか。
分からない、今思い返しても分からないことばかりだ。
殴られたことに不満はないが、頭は変わらずズキズキと痛んだ。
もうもうと立ち込める煙の中で、何かの焼ける匂いがする。

「えーと、りんごは皮付きのまますりおろす……皮付きのまま？　消化悪くなったりしないんでしょうか……ショウガの皮はすりおろす前に……剥く？　剥かない？　イマイチ分かりませんね、調べてみましょう……」

暗闇の中、鳥のさえずりに交じって、そんな声が聞こえてきた。

聞き覚えのある……聞くだけでほっとする、そんな声……。

……すんすんと鼻を鳴らした。

何かの焼ける匂いがする。

……いや待て、違う。

これは焼けるというよりも焦げ……。

おれは咄嗟に布団から跳ね起きた。

「――その鍋、焦げているぞ！」

「え？　あっ、わあああああぁぁぁっ!?」

台所に立った彼女は――どうやらそこで初めて土鍋を火にかけっぱなしだったことに気がついたらしく、慌ててコンロのつまみをひねった。

彼女も焦っただろうが、おれはもっとだ。

二人揃って肩で息をして……そこでおれはようやく状況を理解し始めた。

窓から差し込む朝日の眩しさに目を細めながらそちらを見ると、おれの部屋の台所に立っているのは……

「た、高嶺サキ……？　どうしてここに……」

彼女は名前を呼ばれると、ゆっくりこちらへ振り返って泣きそうな顔で言った。

「ど、どうしましょう、間島君の鍋、焦がしちゃいました……」

「――う、梅がゆとアップルジンジャードリンクです」

非現実的な光景だった。

ご丁寧に、私服の上からエプロンまで（わざわざ家から持ってきたのだろうか？）着た、あの高嶺サキがおれの部屋にいて、おずおずと配膳をしている。

いったいおれの部屋のどこにこんなものがあったのだろう？　英字のプリントされたマグカップには聞いたことのない横文字の飲み物がなみなみ注がれていた。

一瞬、まだ夢を見ているのではないかと思ったが、しかし彼女の息遣いは確実に現実のものである。

「そのー、体調いかがですか……？」

「あ、ああ問題ない、しっかり寝たのがよかったみたいだ、まだ本調子ではないが……」

「そうですか！　よかった……あ、おかゆ、焦げた部分は一応取り除いておいたので味は大丈夫だと思います……たぶん」

「そ、そうか、ありがとう……」

とりあえず礼を言うが、未だに状況をよく把握できていなかった。

……どうして高嶺(たかね)サキがおれの部屋に？　どうしておれの部屋で料理を？　風邪がうつってしまうからできるだけ離れたほうが――。

聞きたいことも言いたいことも山積みだったが、しかし……、

「……その、これは食べてもいいのか？」

情けない話だが、風邪で体力を消耗したせいだろう、いかんせん腹が減っていた。特に煮えた米の素朴な匂いは食欲をくすぐる。

高嶺サキは一度目をぱちくりして、

「まっ……間島君のために作ったんです！　どうぞっ遠慮なく！」

「……ありがとう」

おれのために、か……

慣れない響きに、自然と頰が綻んでしまった。

すると、高嶺サキがなにやらもじもじと落ち着かない様子なことに気付く。

「どうした？」

「その、勝手にお邪魔したうえに図々しいお願いなんですが、もしよかったらなんですけど……」

「図々しいことなんてない、とりあえず言ってみてくれ」

「……私も朝ごはんいただいてよろしいでしょうか？　ちょっと多めに作ったので」

彼女の口からあまりにも謙虚なお願いが飛び出してきたものだから、おれは一瞬虚をつかれてしまった。

「そんなの……勿論、いいに決まっている」

「やったっ、ありがとうございます！」

高嶺サキは待ってましたと言わんばかりに台所の方へ走っていって、自分の分のおかゆをよそった。おれが「いい」と言うのを待っていたのか、相変わらず律儀な子だな……

そして彼女はテーブルへ戻ってくるなり、おれの対面に腰を下ろそうとして、

「あ、いや待て」

「へっ？」

「食事中はおれもマスクを外すため、対面に座られると飛沫感染のリスクが高まる」

「あ、確かに……じゃあ離れて食事を……？」

「本来はそうするべきだ……が、あいにくおれの部屋にはこのローテーブル1脚しかない。だから、その……隣に座るのはどうだろうか？」

一瞬、濡れた子犬のようになった高嶺サキだが、こちらの提案にぱあっと表情を明るくした。

「はい！　お邪魔しますっ」

高嶺サキがテーブルを回り込んで、おれの隣に腰を下ろす。

……危なかった。

もちろん飛沫感染のリスク云々については本当だが、それとは別に、そろそろ「おれの部屋に高嶺サキがいる」という状況への気恥ずかしさが勝り始めた頃だったのだ。対面で食事をするのは、なんとなく気まずい。

ともかく、おれと高嶺サキは同時に手を合わせた。

「「いただきます」」

――まさか日曜に高嶺サキと朝食をとることになるとは、思ってもみなかったことだ。

「私あんまり料理が得意な方ではなくって……ど、どうですか間島君？　お口に合いますか？」

「うん、この粥はいい柔らかさだな、美味い」

「ホントですか!?　じゃあ私も一口……って、あれ！……？　なんか味薄……ほ、ホントに美味しいですか間島君？」

「おれは薄味が好きだし病み上がりだからな、その方がありがたい」

「そ、そうですか！　それならよかったですっ！」

「一応向こうに食塩があるが、とってこようか？」

「いえいえお構いなくっ！　私も間島君と同じものが食べたいです！」

「そうか、重ねてになるがわざわざ朝食まで作ってもらってすまないな」

「全然ですよ！　これぐらい簡単……ではなかったですけど、全然です！　レシピならスマホを見ればいくらでも調べられるので！」

「次は鍋の様子も見た方がいいな」

「うっ……！」

……不思議なもので。

顔を突き合わせて食事をしたり、隣に並んで歩くのでは緊張してしまうのに。

隣に並んで食事をとっていると自然と言葉を交わすことができた。冗談を言う余裕さえある。

何故だろう？　少し考えてみてすぐに思い至った。

そうだ、学校では毎日、昼休みにこうして二人で横並びになって昼食をとりながら話をしているじゃないか——。

「ところで、高嶺サキはどうしておれの部屋にいるんだ？」

「どうしてって……間島君の看病に来たんですよ」

「……質問を重ねるようだが、どうしておれが体調を崩したのを知っている？」

「はい？　間島君が昨日の夜ＭＩＮＥで送ってきてたじゃないですか、風邪を引いたって」

「そう、だったか……？」

メッセージの返信をしたのは覚えているが、その時だろうか？

いかん、熱のせいか記憶が曖昧だ。

「こっちからメッセージを送っても返信がありませんし、私を家まで送ったせいで体調を崩したのかもしれないと思ったら、いてもたってもいられなくなってしまいまして……」

「心配をかけて悪かったな、おれの日頃の不摂生が祟っただけだ、部屋にはどうやって？」

「カオルさんに聞きました、朝にレオを訪ねたらちょうど店の前で煙草を吸っていて」

そうだ、高嶺サキは以前スナック「レオ」に来たことがあった。

「その時に合い鍵を貸してくれたので、すみません、勝手に入っちゃいました」

「……すまん、なにからなにまで」

おれはいったん匙を置く。

状況を正しく把握したら、ふつふつと申し訳なさが湧き上がってきたのだ。

「……間島君？」

「風邪で判断能力が鈍っていたのを言い訳にするつもりはないが、本当に恥ずかしい、普段のおれなら決して、わざわざ君に心配をかけるようなメッセージを送ったりしなかった」

本当に昨日のおれはどうかしてしまっていた。

彼女に風邪を引いたことを報告して、いったいどういうつもりだったんだ。

無駄に心配させたり申し訳ない気分にさせるだけではないか。よもや、このように看病されることを期待していたのでは？

なんにせよ情けない、精進が足りない。

「その、こういったことがないように以後気をつけぶっ」

――と、ここまで言ったところで無理やり言葉を中断させられた。

いきなり横から高嶺サキの手が割り込んできて、おれの頬（ほお）を鷲掴（わしづか）みにしたのだ。

「……っ!?」

いったいこの細腕のどこにそんな力が。

首から上だけを力ずくで高嶺サキの方へ振り向かせられた。

「ひ、ひばつかんせんが」

「構いません」

「構わないわけが……」

「構いま、せん！」

いくら人の感情の機微に疎いおれでも分かる。

高嶺サキは——ひどく怒っていた。

「前から思っていましたが、間島君は不公平です」

「ふ、不公平……？」

「ええ、不公平ですとも」

「？？？」

言っている意味が本気で分からず疑問符を浮かべる。

これを見て彼女は「はぁ——っ」と深い溜息を吐き出した。

「逆の立場で考えてください、風邪を引いたのがもし私だったら間島君はどう思います？」

「……それは」

「申し訳ないと思うんじゃないですか？　たとえ自分が風邪をうつされることになったとしても、看病させてくれないと気が済まないんじゃないですか？」

頭に浮かんだ答えを次の瞬間にはずばりと言い当てられ、思わず目を逸らしてしまう。

「私だって同じ気持ちなんですよ、是が非でも看病させてくれないと気が済みません」

「しかし、おれは……」

「おれは？」

「……おれは、君に情けないところを見せたくない」

やはり、病み上がりだ。

高嶺サキのまっすぐな瞳で見つめられていると、彼女と付き合うことになってからずっと、強く思い続けてきたその感情を初めて吐露してしまった。

「おれは君にカッコ悪いところを見せたくない……失敗したくない、しくじりたくない、失望させたらと思うと怖くて夜も眠れない……」

「そんなこと……」

「カレシとして君の期待を裏切りたくないんだ……」

「なっ」

面と向かって「カレシ」と言われたのが恥ずかしかったのか、高嶺サキの顔がぽんっと赤らむ。おれもあとから恥ずかしくなってきた。

「ん、んんっ！　そ、その気持ちは嬉しいです！　でも間島君は少し気にしすぎですよ！」

彼女のフォローは、おれも素直に嬉しかった。

しかしその一方で、そんな彼女の気遣いこそが、痛くもあった。

「……気にするに決まっている、だっておれは普通じゃない」

「……間島君」

病で心が弱っているんだ、そうだ、そうだと信じたい。

じゃなきゃこんなこと、高嶺サキに言ったりするはずがないのだから。

「おれは……普通じゃないんだ。世の男たちが普通にできることが、できない。初デートでたかがカフェのメニューを選ぶのに何十分もかけるような男だ……荒川や岩沢なら、きっともっとうまくやる……それなのに……」

「……」

高嶺サキの顔から、みるみるうちに表情が失せていく。

……失望させてしまっただろう。

当然だ、恋人の前でこんな弱音を吐くような男、好きになるはずが……。

「間島君っっ!!!!」

「うぶっ!?」

強く、唇が前に飛び出してしまうほど強く頬を鷲掴みにされる。

目を白黒させながら見ると、高嶺サキは——さっきにもまして怒っていた。いや、今まで見た中で一番怒っていた。

それこそ怒髪天を衝くといった具合に。

「……あなたと付き合っているのは、誰ですか?」

突然の問いかけにおれは少しだけ戸惑ってしまうが、彼女の有無を言わせない眼力を真正面から受けたら、口が勝手に動いていた。

「た、高嶺サキ……」

「では、高嶺サキが告白した相手は誰ですか？」

「間島ケンゴ……？」

「うんうん、そうですよね、安心しました。てっきり私が何か勘違いしているのかと思っちゃいましたよ」

高嶺サキは優しい笑顔だが、面白がっているわけでも楽しんでいるわけでもない、確実に怒っている。

その証拠に、彼女の指が今もどんどんおれの頬にめり込んでいって……

「私、最初から最後まで間島君の話しかしてませんよね？　岩沢君とか荒川君とか、他の普通の男子の話なんて、まったく、これっぽっちもしてませんよね？」

「し、してない、してないっ」

「だったら――」

そのままおれの顔を握りつぶしてしまうのではないかと思われるほどだった指の力が、ふいに弱まった。

そして高嶺サキは、

「……普通とか普通じゃないとか関係ないじゃないですか、良いところも悪いところも含めて私は間島君が好きで告白したんですから」

そこで初めて、本当に微笑んだ。

その言葉は、今まで聞いたどんな言葉よりもずっと、優しい言葉に聞こえた。

「間島君はもう今日一日謝るの禁止です、それ、結構寂しいんですよ？」

「すま……いや、ありがとう」

「どういたしまして」

高嶺サキが悪戯っぽくはにかむ。その笑顔を見ると、ついこちらも頬が緩んでしまった。

……が、時間を置いたら恥ずかしさが勝ったらしい。

おれと向き合った高嶺サキの顔が、再び林檎みたく真っ赤に紅潮していく。

「あ、あはは……それにそのー、なんというか、間島君がカッコ悪いとこ見せてくれないと私も気遅れしちゃうというか、やりづらいといいますか……」

「……そういうものなのか」

「そういうものですよ……」

静寂……。

六畳間に、カチカチと時計の針の進む音だけが鳴り響く。

そういえば、おれと高嶺サキは今この部屋に二人きり――。

これはただの勘だが、全く同じタイミングで高嶺サキもおれと同じ考えに至ったのだと思う。

彼女は突然、おれの手元から粥の入った碗と匙をひったくったかと思うと――。

「――間島君、あーんです！」

「あ、あーん⁉」

まさかあの「あーん」か⁉

おれの眼前に突き出された匙、そこに乗った僅かな米粒。そのまさかであった。

さすがのおれも存在自体は知っているが、まさか自分がやられる立場になるとは夢にも思っていなかった。

「……っ⁉」

一瞬のうちにめまぐるしく思考が回転する。

そういうのは子どもにやるものであって、行儀が悪いし、第一、病み上がりとはいえ一人で飯ぐらい食えるわけで、そんなことをしては風紀が乱れてしまうわけで……。

頭の中に数えきれないぐらいの「やらない理由」が飛び交う。

でも、しかし……、

「っ……」

……今にも爆発しそうなぐらい顔を真っ赤に染め上げた高嶺サキと目が合ってしまっては。

それを断ることなんて、できるわけがなく。

「い、いただきます」

ぱくり、と。

たちまち頭が真っ白になって、粥の味なんて一ミリも分からなかったが……

とにかくおれは高嶺サキによる「あーん」を遂行した。

人生で一番恥ずかしかった瞬間はなにかと問われたら、おれは迷いなく今この瞬間のことを答える。

「……う……うま、い」

「そ、そうですか……よかったです」

高嶺サキが静かにおれの手元へ匙と碗を戻す。

……お互いに顔を見ることができない。また発熱しそうだった。

「……ふっ、普通っていうなら、普通のカップルは多分、普通にこういうことをしますよね」

「……する、かも、しれないな」

「……恥ずかしいですね」

「……顔から火が出そうなんだが」

「……私もですよ」

「……」

「…………………でも、ほら」

「……」

「こういうのって、お互いさまですから……」

「……なるほど」

お互いさま……確かに、身をもって実感した。

その観点で言えば、おれは今まで高嶺サキの言うように「不公平」だった。

自分だけカッコ悪い部分や情けない部分や恥ずかしい部分を隠そうと躍起になって、高嶺サキにばかり恥をかかせてきたのかもしれない。

おれが顔から火が出るほどに恥ずかしいのと同じように……高嶺サキもまた、顔から火が出そうなほどに恥じらっているというのに。

「……勉強になった」

「……どういたしまして」

「……」

「……」

──とはいえ、恥ずかしいものは恥ずかしい。

高嶺サキの隣に座っていて、こんな気まずさを感じたのはかつて一度もなかったことだ。

自分で言うのもなんだが、付き合ってからのおれは、かなりおかしい。

「……せ、せっかく作ってくれたのに冷めたら勿体(もったい)ないな」

「そそそ、そうですね」

どうにも我慢できず、再び粥へ匙を運び始めた。高嶺サキもすぐにその真似をする。

しばらくは匙が碗に触れる音さえ気まずい、妙な静寂が部屋を満たした。

……先に耐えかねたのは高嶺サキだ。

「ま……間島君ってアパート暮らしだったんですね」

「……まあ、そんなところだ。汚くて悪いな、なんの片付けもしていない」

「逆に片付きすぎててびっくりしましたけど」

「そんなにか？」

「殺風景と言っていいほどです、最初ドラマのセットかなんかだと思いました。なにかインテリアのたぐいを飾るのをオススメします」

「なるほど……君がそう言うならそうなんだろう、検討する」

話していると少しずつ緊張がほぐれてきた。いいぞ。

「間島君はカオルさんと2人でここに暮らしているんですか？」

「いや？　姉さんは1つ隣の部屋で寝泊まりしている」

「？　親子で2部屋借りてるってことですか？　珍しいですね」

「そうじゃない、このアパートはぜんぶ姉さんの所有物だ。おれと姉さん以外は誰も住んでいない」

「……え？」

高嶺サキが素っ頓狂な声を漏らした。

そうか、事情を知らないとわけが分からないか。

「下のスナックも2階のアパートも、もともとは大叔母の所有物だったんだ。それを当時大叔母のもとで働いていた姉さんが丸々受け継いだ。しかしアパートは管理も面倒だ、ということで今は自分たちが寝泊まりするところとして使っている。残りはぜんぶ空き部屋だ」

……おもに姉さんの。ゴミ部屋とも言う。

「へ――――！　そんなことになってるんですね！」

「こんな話を聞いて面白いか？」

「面白いですよ！　なかなかあることじゃありませんし！　え、ということはじゃあこの部屋って――――！」

高嶺サキが、そこまで言ったところでぴたりと動きを止めた。

「？」

なにかと思ったら、かぁ――――っっと、見る見るうちに顔面が紅潮していく。

「……間島君が、一人暮らししてる部屋、って、こと、に……？」

――まずい、そこに気付いてしまったか。

「わ、私、男の人の部屋に入ったのって初めてなんですよね……あはは」

「ひっ、一人暮らしといっても一軒家の自室とたいして変わりないだろう!?　同じ建物に保護者と一緒に住んでいるわけだし」

「そ、そうですよねー！　あはは！」

「はは……」

信じられないくらい乾いた笑いが、部屋の中でむなしく響いた。

おかゆも食べ終わってしまった。お互い、そろそろ羞恥心の限界値が近いのを感じる……

「あー……洗い物してきますね、私……」

「……あ、ありがとう」

お互いさまとはいえ、本当にいつかこれに慣れる日がくるのだろうか。


「──じゃあ、私そろそろおいとましますね」

ご丁寧に後片付けまで全てやってくれた高嶺サキは、そう言って帰る準備を始めた。

「なにからなにまで、本当にすまないな」

「あー、今日はもう謝るの禁止って言いましたよね？」

「そうだったな、ありがとう、……途中まで送っていこうか？」

「そのまま布団にいてください！　自分が病み上がりってこと忘れてますよ間島君！　しっかり休んで、明日元気に登校してくれればそれでいいんです。そうじゃないと私が看病に来た意味ありませんから」

まったくもって彼女の言う通り、ぐうの音も出ないほどの正論だった。

「じゃあ、今日はお言葉に甘えることにする。気をつけて帰ってくれ」

「はい！　間島君もお大事に！　あ、帰るついでにゴミも捨てておきますね！　私が出たあと鍵をかけるのも忘れずに！」

「すま……いや、ありがとう、また学校で」

「また学校で！」

靴を履き終えた高嶺サキが、玄関先からこちらへ微笑（ほほえ）みかける。

向日葵（ひまわり）のような笑顔や、ドアを開けながらこちらを振り向いて手を振る仕草。

――可愛（かわい）いな。

ばたんと、玄関のドアが閉まる。

少しの間を置いてから、おれは彼女の言いつけ通りドアの鍵を閉めようとして……

「……うん？」

ある違和感に気付いた。

待て、ないとは思うが、万が一にもないと思うが。

「……おれ、もしかしてさっき声に出ていなかったか？」

可愛いな、と。

自然と口をついて、その言葉が出ていなかったか？

「い、言ったか？　いや、しかし、でも……」

マスク越しに自分の口を触りながら、疑心暗鬼に陥る。

言ったような、言っていないような……

「仮に口に出ていたとしても、ドアの閉まる音で高嶺サキには聞こえなかっただろうし……第一、マスクをした状態で呟いた程度の声量だ、聞こえていても空耳かなにかと――」

……いや。

おれはドアの鍵をかけて、自己嫌悪に陥った。

「本当におれは、どうしてしまったんだ……」

吐き出した深い溜息がマスクの隙間から漏れ出た。

おれはいったいいつから、こんなにも弱い人間になってしまったのだ。

■高嶺サキの章■

タイミングがいいのか、悪いのか。

……いや、これはよかったんでしょう、そういうことにしておきましょう。

だって、間島君に「恥ずかしいのはお互いさま」なんて言った手前、こんな有様を見せるわけにはいかないですから。

「可愛いって言われた……」

間島君の部屋を出てすぐ、アパートの共用廊下のど真ん中でへなへなと膝から崩れ落ちてしまいました。

ずるいです、まさか帰り際にあんな不意打ちが飛んでくるなんて、予想外でした。

いやまあ、面と向かって言われたら私はその場で木っ端微塵に吹き飛んでいたに違いないので、あれでよかったんですけど！

「ううううう……！」

嬉しい、勿論嬉しいです。それこそ顔が自然とニヤケてしまうほどに。

でも、それ以上に恥ずかしいです！

ああ！　今になって間島君の部屋で間島君と二人きりだったことを思い出して倍々で恥ずかしくなってきました！

しかも私、勢いに任せて初「あーん」を……！

「……明日、間島君の顔を直視できないかもしれません……」

一抹の不安を覚えながら、私は立ち上がります。

当然、間島君の部屋から持ち出してきたゴミも忘れません。

ちなみに間島君の部屋の隅に寄せられていたのは、ビニール紐でまとめられた雑誌の束でした。

「……そういえば間島君って雑誌読むんですね、ちょっと意外で…………!?」

なんの気なしに雑誌の束へ目をやって――私はぎょっと目を剥きました。

「なっ、なな……!?」

――何故なら間島君の部屋から持ち出してきたそれは、そういうのに詳しくない私でも分かるぐらい、ちょっとえっちなやつだったからです!

「え、えぇー……ウソォ……?」

もちろん、私だって年頃の健全な男子高生がこういったことに興味を持つのは知識として知っています。

でも、まさか間島君が……? ぜ、全然想像つかない……

――気がつくと私は、固く縛られたビニール紐をほどいて、一番上にあった一冊を手に取っていました。

「……」

……別に、間島君に対して幻滅したわけではありません。

そりゃあ私は、この雑誌の表紙の子みたく妖艶な表情ができるわけじゃないし、スタイルがいいわけでも、おっぱいが大きいわけでもありません。

で、でもこれは間島君にも人並みに性欲があることの証明であり、間島君攻略の糸口になるのではないでしょうか!?

「……っ」

私はおそるおそるページをめくり始めます。

「う、うわ――すっごいスタイル……ええ？　こーいう雑誌ってこんなことまで書いてあるんですか……？　いずれ参考になる時が来たり……して……」

「――なにやってんのサキちゃん？」

「ひぎゃあっ!?」

突然名前を呼ばれて、私は女の子が出してはいけない悲鳴を出してしまいました。

し、心臓が飛び出るかと……！

「か、カオルさん……？」

振り返ると、私のすぐ背後に、上下鼠色のスウェットでしゃかしゃかと歯を磨くカオルさんの姿がありました。

そ、そうだ、確か間島君がカオルさんは隣の部屋で寝泊まりしてるって言ってたっけ……!?

というかこれカオルさんに見られたらマズイですよね!?　ご、誤魔化さなきゃ!?

「か、カオルさん！　違うんですこれはっ……！」

「――それ、アタシの前のカレシが置いてったやつじゃん」

「……へ？」

「今度の資源ゴミの日に捨てといてっつってケンゴに預けておいたんだけど……」

「えっ、あっそういう……」

カオルさんは歯ブラシを咥えたまま、にやりと口の端を吊り上げて、

「……年頃だねえ」

「私が捨てておきますねっっ!!!!」

私はすかさず雑誌の束を固く縛り直して、逃げるようにアパートを後にしました。

カオルさんの顔も直視できなくなるかもしれません。

第二部　ギャップ効果を狙うには、まず自分を知るべし

■間島ケンゴの章■

要因は色々と考えられる。

十分な睡眠、綿入り半纏、早めの風邪薬の服用、日ごろの体力づくり。

……いや、野暮だ。

ここはひとえに高嶺サキの看病と、アップルジンジャードリンクのおかげということにしておこう。

——とにもかくにも間島ケンゴ、完全復活である。

「おいっ！　Ｃ組・金屋リカ！　並びに小町シズク！　花立マイ！　さっき準備運動をサボっていただろう！　もう一度おれが見ている前でやり直せ！」

「でぇっ!?　また出た!!　よーかい風紀オバケっ！」

「やるかバーカ！」

「変態っ！」

「誰が変態だ！」

女子三人組は器用に人の隙間を縫いながら、散り散りに逃げ去って……

すぐに後ろ姿も見えなくなってしまった。

「くっ……相変わらず逃げ足が速い、逃げるぐらいなら準備運動をした方が楽だろうに……」

広い体育館の隅でアキレス腱を伸ばしながら、おれは歯噛みした。

彼女らは球技大会というやつを甘く見すぎなのだ。

「そういった気の緩みが事故や怪我に繋がる、君もそう思うだろう？　坪根タクミ」

「……えっ!?」

おれに声をかけられた彼――坪根タクミは、なんだか必要以上に驚いているようだった。

小さく体育座りをしたまま、信じられないものでも見るような目だ。

「どうした？」

「…………お前、今オレに話しかけたのか？」

「そうだが」

と言いながら今度は体側伸ばし。

ドッジボールは過酷なスポーツだ、ストレッチは入念に行わなくては。

「……い、いやいやおかしいだろ、……は？　え？　オレがおかしいのか？　違うよな」

「なにがだ？」

「……お前、オレが何をしたのか、忘れたのか？」

「……？　ああ、新潟地区春季卓球大会・個人戦シングルスベスト8おめでとう」

「なんで知ってんだ！　ちげえよ！」

「じゃあ高嶺サキにフラれた腹いせで、あることないこと言いふらしていた件についてか？」

「覚えてんじゃねーか!!!!」

まだ試合前だというのにずいぶん元気だな。

おれは肩を伸ばしながら、彼のバイタリティに感心した。

「オレはあの一件で先生からも親からもしこたま怒られたんだよ!!　知ってるだろ!?」

「知っているが……それと、おれが君に声をかけることになにか関係が？」

「だっ……!?　きっ、気まずいだろ!?　フツー！」

「フツーか」

普通なら、気まずくて声をかけられないものなのだろうか？

だったらおれは「フツーに声をかけない」べきなのだろうか。

以前の、普通でないことになんの抵抗もなかったおれならば、こんなことは歯牙にもかけなかっただろう。

今は少し、そんなことも考えてしまう。

しかし……

「普通がどうかは知らないが、君はもう罰を受けたんだろう」

　高嶺サキは、どうやら普通でないおれでも好いてくれるらしいので、おれも気にしないことにする。

「それに今は同じチームメイトだからな、お互い頑張ろう」

「…………」

　坪根タクミは、ストレッチをするおれを無言のまま見つめてきて、

「はぁ――――っ……」

　大きな溜息を吐いたかと思うと、そのまま体育座りの膝に顔を埋めてしまった。

　横から見るとデカくて不格好なおにぎりみたいだ。

「……お前、変だよ。話してるとこっちまで頭がおかしくなる」

「そうなのか？　初めて言われた」

「それは周りのやつらが優しいからだ」

「確かにそれはあるかもしれないな、おれは人に恵まれている。ところで話しかけない方がいいか？」

「勝手にしろ……」

　坪根タクミが更に大きな溜息を吐き出した。

　そんなに溜息ばかりだと幸せが逃げてしまうぞ、というのはなんとなく言わない方がいい気がして、言わなかった。

「よし」

と、ここでストレッチ完了。

試合までまだもう少し時間があるため、別チームの試合を観戦することにした。

「はい落ち着いて落ち着いてー、しっかり狙ってけー！」

きゅっきゅ、と靴裏が体育館の床をこする音。

むわんとした夏の熱気の中、軽快なフットワークでラインの内側を走る生徒たち。

飛び交うボール、掛け声、ボールを受け止め、すかさず投げ返す。

ばずぅぅ―――ん、とボールが一人の男子生徒の肩に命中した。歓声があがる。

種目はドッジボールだ。

「優勝したチームには賞品が出るらしい、素晴らしい計らいだ。お互いチームメイトとしてベストを尽くそうじゃないか」

「……賞品っつったって一本30円の棒アイスだぞ」

「何故知ってる？　詳細は秘されているはずだ」

「今朝、A組担任の山熊田が段ボール入りのアイスを職員室に運んでた。教員だけであの量のアイス食うわけねーし、十中八九あれが賞品だろ。もったいぶって隠すほどのもんじゃない」

「なるほどな、ところで何故ドッジボールを？」

「そういうお前こそなんでだよ」

「数合わせだ。君も知っていると思うが、ウチのクラスではどういうわけかサッカー・バスケ・ドッジボールの３種目ある中でドッジボールが圧倒的不人気でな」

「そりゃそうだろ、ボールを力の限りぶつけあうんだぞ？　原始的だ、時代錯誤だ、ついでにサボりにくい、誰もやりたがらねえよ」

「合点がいった。ではそれでもあえてドッジボールを選択する君は、ドッジボールに一家言アリと――」

「なわけねーだろ、サッカー・バスケはどうせ部活やってるやつらの独壇場だ。わざわざ恥かかされにいくなんてごめんだね、ドッジボールは消去法で選んだだけだよ」

確かに、おれはバスケで荒川に、サッカーで岩沢には勝てないだろう。

負けるぐらいならはなから土俵に立たない……なるほど、そういう考え方もあるのか。

「先ほどから思っていたが、君は実に合理的な判断をするな」

「……馬鹿にしてんのか？」

「うん？」

坪根タクミと目が合う。

しばらく目を合わせていると、坪根タクミは諦めたように嘆息して、目線を逸らした。

「……ま、どのみち恥はかかされそうだがな」

そう言って、坪根タクミは親指の爪を齧った。

そのクセはあまり衛生的でないのでやめた方がいいと思う。

そう進言しようとしたところ、視界の外から再び「ばずうぅ―――ん」と強烈な音が聞こえてきた。

どうやらまた一人ボールを当てられたようだ、遅れて歓声があがる。

「あーあ、C組はもうダメだな、見てらんねえ」

「A組は強いな」

「トーゼンだろ、チームのほとんどを野球部員で固めてる」

「やはり肩が強いからか、それとも体力？」

「それもあるけど意気込みが違う、見てみなよ」

坪根タクミが顎でくいっと体育館のギャラリーを指した。

見ると……狭いギャラリーにクラスの女子たちがひしめきあって、A組に黄色い歓声を浴びせている。A組の彼らもそれを意識しているのか、チラチラと視線を送っていた。

「男所帯でむさっくるしい野球部の数少ないアピールチャンスだからな、そりゃあ力も入るさ、はりきっちゃってまあ……」

「アピールチャンス……」

「はーやだやだ体育会系、爽やかっぽいイメージで推してるくせに、文化系をいじめて自分の株を上げることしか考えてないんだ。オレなんかよりよっぽど陰湿だね」

自嘲する坪根タクミ。

一方おれは、さっきの坪根タクミの発言を受けて全く別のことを考えていた。

「あんな連中のダシに使われるのは癪だし、さっさと外野に出てサボってよっかなー」

「……坪根タクミ」

「な、なんだよ？　別にいいだろこんなお遊びの学校行事……」

「もしや球技大会でいい成績を残すことは、女子へのアピールになるのか？」

「はっ？」

鳩が豆鉄砲を食らった、とはまさしくこれのことを言うのだろう。そういう顔だった。

「あ……当たり前だろ、スポーツのできる男は女から評価される、そんなの原始の時代から決まってることだ」

「原始の時代から決まってる……か、いい言葉だな」

己の不勉強には恥じ入るばかりである。

言い訳をするわけではないが、それも無理のないことだ。なんせおれは今まで、女子どころか他人の評価さえマトモに気にしてこなかった人間である。

しかし、今は違う。

「お、おい、お前もしかして今のでやる気出したのか？　やめとけって！　お前風紀委員長だろ!?　現役で運動部やってる連中に敵うわけない！」

「確かに、そうかもしれないな」

「だったら……」

「しかし彼女が見ている」

「かっ、彼女？　誰のことだか知らねえけど変に張り切ったって恥かくだけだぞ！」

「ひとつコツを教えよう」

「はっ？」

「ドッジボールに負けないコツだ、おれも球技には不慣れなのだが」

「コツって、そんなの知ったって……」

「——見ることだ、まっすぐと、相手の目を」

そう言って、おれは坪根タクミの目を見た。

「……っ」

彼の目は戸惑いから揺らぎ、やがて自ら視線を外してくる。

「両目を見開いて、まっすぐと目を見る。そして逸らさない。簡単に言うと……ビビらなきゃ、負けない」

「ぼ、ボール当てられたら負けだろうが……」

「そうとも限らない」

「はぁ？」

ばずぅぅ――――ん。

大砲のような音が体育館に鳴り響き、Ｃ組の最後の一人が健闘むなしく撃沈した。

Ａ組は歓声と、そして熱狂に包まれていた。

ちなみにおれたちの学年はＡＢＣの３クラスからなるため、この次の試合でおれたちＢ組が敗れれば、その時点でＡ組の優勝が決定する。

「お互い頑張ろうか、チームメイトとして」

「はっ、やだね」

坪根タクミは鼻で笑いながら億劫そうに立ち上がり……

それ以降一度もおれと目を合わせようとしなかった。

『――では、これより２年Ａ組と２年Ｂ組の試合を始めます！』

審判役の生徒（２年Ｃ組・桃川ヤスノリ）がマイク越しに宣言して、両チームの代表がコートの中央で向き合う。

Ｂ組代表はおれ、Ａ組代表は……

「――よろしく、風紀委員長」

彼と目を合わせるのに、おれは大きく上を見上げなければならなかった。

身長１９５センチ、筋骨隆々とした体つきで、浅黒くやけた肌に白い歯がきらりと光る。

上村高校が誇る野球部のエース・ピッチャー、浜新保アキヒロだ。

「こちらこそよろしく、フェアプレーでいこう」

「……フェアプレーね、はいはい」

浜新保アキヒロがにやりと口角を上げ、白い歯を輝かせたが、その笑顔の意味はいまいち分からなかった。

「――じゃあお前ら、しまっていこう！」

『「ウス！」』

浜新保アキヒロの号令に、A組の野球部員たちが声を揃えて応え、その団結を示す。

おれたちも負けていられない。

「――おれたちもベストを尽くそう！　なあみんな！」

負けじとチームメイトに呼びかける。すると……、

「……」

「…………うん？　風紀委員長もしかして俺たちに言ってる？」

「お、おー……」

なんだかまばらな返事が返ってきた。坪根タクミに至っては目も合わせてくれない。

……はて？

向こうのチームの誰かが吹き出した。

「いいチームだな」浜新保アキヒロが爽やかな笑顔で言う。

「ありがとう」

「怪我には気をつけてくれよ」

「敵のチームメイトにまで気を使ってくれるとは、君はスポーツマンの鑑だな」

「……俺はアンタに対して言ったんだけどな風紀委員長……日頃の借りを返してやるよ……」

「？　なにか言ったか？」

「いいや、なんでもないさ」

『えー、ルールはさっきまでと同じ！　ボールをぶつけられた人は外野へ移動！　時間の関係で外野からの復活はなし！　先に相手チームの内野を全員外野へ送ったチームの勝利となります！　まずはジャンプボールから！』

おれと浜新保アキヒロの間に立った審判が、ボールを構える。

チームで一番背の高いおれだが、浜新保アキヒロとの身長差は20センチもある。おそらく先制権は相手チームへ渡ることとなるだろう。

『では、開始！』

ホイッスルの音が鳴り響き、審判がボールを天高く放り投げる。

おれは力の限りジャンプして、伸ばした手で――自軍へボールをはじき出した。

「うん？」

予想と違う展開——。

それもそのはず、浜新保アキヒロはジャンプどころか、その場で棒立ちになってニヤニヤしているだけだった。彼ははなからボールを取りにいかなかったのだ。

「フェアプレーがお望みなんだろ？　最初のボールは譲るさ、可哀想だからな。なんなら最初はわざと当たってやっても——」

——ばずぅぅ———ん!!

聞き慣れた破裂音が浜新保アキヒロの言葉を遮り、彼の隣に立っていた大平マサキが派手に吹き飛んだ。

「…………………………え？」

誰もが固まっていた。静寂だけがあたりを満たしていた。

チーム代表の浜新保アキヒロも、
開幕2秒でボールを当てられ尻餅をついた大平マサキも、
その他A組の野球部員たちも、審判も、ギャラリーも、おれのチームメイトたちでさえも。

まるで時間が止まっているかのようだった。

そして止まった時間の中、跳ね返ったボールが「てんてん」とバウンドして、再びおれの手元へ戻ってくる。

おれはみんなの注目を集めながらそれをキャッチして、言った。

「すまん、もう始まってるものだと思って……何か言ったか？」

■坪根タクミの章■

初めはなにを張り切っているんだ、と思った。

あのクソマジメ君のことだ。

どうせいいとこ育ちのお坊ちゃんで、幼い頃から何不自由なく、いかにもって教育ママに言われるがまま勉強勉強勉強～ってな感じの、典型的なイヤな優等生。

定期テストはいつも1位だし、部活に入らずわざわざ風紀委員になんかなるぐらいだから、そういうガリ勉タイプの人間なんだろうと予想していた。

でも……オレの予想は、まるきりハズレだったと言わざるを得ない。

――ばずぅぅ――――ん!!

何度目になるか分からないその音が体育館中に響き渡り、すさまじい歓声が巻き起こった。

――間島ケンゴが、その正確無比な剛速球でまた一人屈強な野球部員を葬ったのだ。

「うおおおおぉぉ――――っっ!?　風紀オバケすげえぇぇ――――っっ!!　まただ!!」

「これで3人目だぞ!!　残りあと4人!!」

「風紀委員長だけで完全試合達成か!?」

「ま・じ・ま！　ま・じ・ま！」

ギャラリーにはクラスの女子だけでなく、自分たちの試合を終えた男子までもが詰めかけてたいへんな騒ぎだ。よく見ると騒ぎを聞きつけたらしい他学年の連中の姿まである。

「くっ……散れ散れ！　動き回れ！」

「当てられたらできるだけボールを真上に打ち上げろ！　誰かがキャッチすればセーフだ！」

「ボールとったらまず風紀委員長から狙え！　膝狙うぞ膝！　上半身は捕られる！」

A組の野球部員たちも、思わぬダークホースの出現にさっきまでの浮かれた雰囲気はなくなった。始まる前からあれだけ舐めプ決め込んでいた浜新保でさえ見るからに焦っている。

チーム一丸になって間島をマークしているのだ。

でも……。

――ばずぅぅ――――ん!!

「ぐぁっ!?」

抵抗むなしく、間島のライフル射撃みたいな投球がまたも野球部員の厚い胸板を撃ち抜いた。ボールが跳ね返って再び自陣へ戻ってくるのを、間島はなんなくキャッチする。まるでロボットだ。

「よし、あと3人だな」

未だ内野に残る浜新保が悔しそうに舌打ちをして、ギャラリーからは津波みたく歓声があがった。

「……すっげ」

手持無沙汰にただぼけーっとそんなさまを眺めていたオレの口から、そんな声が漏れ出た。

なにが「球技には不慣れ」だ。なにが「典型的な優等生」だ。

めちゃくちゃツエーじゃねえかよ。

「――間島君、がんばってぇ――――！！！」

ふいに頭上からそんな声援が聞こえて会場がどよめいた。

見ると……ああ、あの高嶺サキが、人の目も気にせず、興奮して、ギャラリーから身を乗り出して、声を振り絞って、間島ケンゴに大声援を送っている。

あの高嶺の花が、だ。

周りの連中だけじゃない、A組の野球部員たちまで度肝を抜かれた顔をしている。

でも、オレの中にはただ納得があった。

――ああ、噂には聞いてたけどやっぱり付き合ったんだ、あの二人。

――じゃ、「彼女」って高嶺サキのことか。

「アホらし」

……なんだか笑えてきた。

間島の、身も竦むような豪快な投球フォームを馬鹿みたく後ろから眺めていたら、そんな感情がふつふつと湧いてきた。

……変な話だけれど、オレはアイツのことを同じ穴の狢だと思っていたんだ。

カタブツ、風紀オバケ、鬼の風紀委員長。

皆から嫌われて、避けられて、そうでなければ珍獣のような扱いで。

自分がどこかズレていることにも気付けないまま、ズレ続ける。

決して中心には立てないタイプ……どちらかといえば割を食う側の人間、マトモなやつらの食い物にされる人間、そういうヤツだと思っていた。

でも、どうやらそれはオレの勝手な妄想だったようで、

「あと3人━━━っっ！　間島落ち着いていけ━━っっ!!」

「風紀委員長ぉぉ━━っっ!!　おれたちを甲子園に連れてって━━っっ！」

「まっ・じっ・まっ!!　まっ・じっ・まっ!!」

ギャラリーの連中も、

「お前らボールよく見ろ！　ただのストレートだろうが！　目ぇ慣らせば捕れる！　手でキャッチしようとするな！　体ごと捕りにいけ体ごと！」

敵チームも、

「が、がんばれ風紀委員長っ！」

「万が一向こうにボールが渡っても俺たち死ぬ気で躱すから！」

味方チームも……

「がっ、がんばってぇ――――！！！　間島君――――っ!!　げほっげほ……！」

「ちょっ!?　サキサキ喉壊すよ！　もっと抑えて抑えて！」

……恋人も。

アイツがただほんの少し本気を出しただけで……全てが間島ケンゴを中心にして回り始めた。

同じ穴の貉(むじな)？

笑っちまうよ、アイツとオレは対極だ。

――ばずぅぅ――――ん!!

「痛ぃっってェ!?」

また1人、アイツの投球でコートに沈んだ。

敵チームの残りは浜新保(はましんぼ)と小岩内(こいわうち)の2人だけだ。あの2人が沈むのも時間の問題だろう。

「はぁ……」

つまらないな、と思った。

結局、世の中の大事なことは間島ケンゴとか浜新保アキヒロとか……あーいう選ばれたやつらの間だけで進行していって、おれたちはただアホ面でそれを眺めているだけ。

そういう風にできているんだ。

なにもかも思い通りにいかない、面白くない、全部くだらない。

間島にキャーキャー言ってる女子たちも、間島にはしゃいでる男子たちも。

夏の熱気も、スニーカーの裏が床にこすれる音も、遠くの蝉の声も、汗で湿った体操服も、月曜日も……なんか全部馬鹿らしくなってきた。

早く、終わってくんないかな。

「ぐっ」

――ばすっ!!

コートを適当に動き回りながらぼんやりしていると、耳慣れない音が聞こえた。

見ると――A組の浜新保が、アイツのボールを受け止めていた。

いくら規格外の剛速球とはいえ、馬鹿正直に身体のど真ん中を直球で狙うだけだ。さすがの浜新保もタイミングを掴んだのだろう。

なにはともあれ、初めて相手チームにボールが渡った。

「っしゃあ!　野球部ナメんな――!」

浜新保はすかさず投球の体勢に移行する。

標的は当然、投球のすぐあとで体勢を崩している間島。

だけど……本当に運動部じゃないのが疑わしくなる反射神経だ。間島はすぐに体勢を立て直して、ボールキャッチの姿勢をとる。

ギャラリーからおおっと歓声があがった。

完璧(かんぺき)なタイミング、そのままいけば間島は確実にボールをキャッチして即反撃、浜新保を仕留めていたことだろう。

唯一の誤算は……

「――っ!?」

誰かの流した汗で、体育館の床が濡(ぬ)れていたことだ。

濡れた床に足をとられた間島は、体勢を立て直すはずが逆に大きく体勢を崩してしまう。

そして浜新保の投げたボールは……、

ばずぅう――――ん、と間島の肩に命中した。

「おっしゃあっ！」

ギャラリーからは打って変わって落胆の声があがり、反対に向こうはお祭り騒ぎだ。

「……っ、すまない皆！　あとは頼んだ！」

間島が外野へ走っていく、まさかこちらの初アウトが間島とは、誰も思わなかっただろう。

コートに残されたボールも、誰が拾うかと妙な間があくような有様だった。

……そこからはひどいものだ。

こちら側の投げたボールはいともたやすくキャッチされ、返ってきたボールで一人、また一人と、次々に外野へ追いやられていく。

まるで大人と子どもの戦いだ。

もろいもので、間島がいなくなったことによって、こちらのチームは完全に戦意を喪失してしまったのである。

さっき誰か「死ぬ気で躱す」とか言ってなかったか？

……ま、どうでもいいけど。

「いいよいいよー！　狙って狙ってー──！」

ほら、向こうのチームはすっかり前の試合の勢いを取り戻しているぞ。

せめて外野にいる間島にボールが渡れば逆転の目もあるかもしれないが、向こうのチームはそれを最も警戒しているため、決してこちらにボールをよこすような真似はしない。

誰一人向こうのボールをキャッチすることもできず、一人ずつ確実に削られていって、気がつけば……。

「……マジかよ」

向こうの内野が浜新保と小岩内の2人に対し──よりにもよって、こっちのチームで内野に残っているのはオレ一人になってしまった。

「よー──し！　あと一人だよー─あと一人！」

「焦るな焦るなー─っ！　確実に狙っていけー──っ」

相手のボールが内野と外野の間をめまぐるしく行き来して、オレは息を吐く間もない。

ライオンの群れに囲まれたシマウマの気分だ。

「いっけーいけいけ！　２・の・Ａ!!」

向こうのギャラリーは完全に勝ちを確信しているらしい。

反対にこっちのギャラリーは……はは、葬式みてえだ。

逆転なんか誰も信じちゃいない。もっと言えば間島が外野へいった時点で声援から熱が抜けている、単なる消化試合だと思ってるんだ。

……いや、この中でそんなこと信じてるやつなんて、はなっから一人もいないな。

そりゃそうだよ、こんな色白根暗野郎が野球部の連中なんかに勝てるわけないだろ。

期待されていない。敵も味方も野次馬も、間島の時とはまるっきり真逆。

はあ、無様を晒す意味もない、テキトーに当たってさっさと……、
そんなことを考え始めた時だった。

「――がんばってぇ――――！！！」

頭上から、声がした。

そちらを向くことはできないが、声の主はすぐに分かった。

「……冗談だろ」

誰にも聞こえない声量でぼそりと呟く。

本当に「冗談だろ」って感じだ。

皆が皆、諦めたのに、よりにもよってアンタがオレの応援をするのか？

オレのことフッたのに？　オレにあんなことされたのに？

スローモーションに動く視界の中で、浜新保(はましんぼ)へボールが渡った。すかさず浜新保が投球フォームへ移る。タイミング的に躱(かわ)すことはできない。

……相変わらずデケェな浜新保。正面に立つとビビるわ、ぶっちゃけ。

そりゃオレだって頑張りてえよ？　でもさ、無理なんだよ。オレみてえなヤツにははなっから無理。

ゆっくり、ゆっくりと浜新保が振りかぶる。

そして浜新保がボールを全力投球する、その直前。

「——」

それまで浜新保のデケェ背中に隠れていて見えなかったけど、浜新保が全力で振りかぶった今になって、ようやく目が合った。

浜新保の背後からまっすぐこちらを見つめる、アイツと。

——ドッジボールに負けないコツだ、おれも球技には不慣れなのだが。

——見ることだ、まっすぐと、相手の目を。

——両目を見開いて、まっすぐと目を見る。

——そして逸(そ)らさない。簡単に言うと……ビビらなきゃ、負けない

「っっ!!」

――ばすっ!!

ボールを受け止めた、その瞬間……。

おれは空気の流れが止まる瞬間を、生まれて初めて肌で感じた。

あたりが水を打ったようにしんと静まり返っている。

……はは、見ろよ、浜新保のあのアホ面を。

これはなかなか、いいもんだ――。

「っっ――!!」

オレは止まった時間が動き出すよりも早く、助走をつけて振りかぶった。

皆はまだ「オレがエースピッチャーの全力投球をキャッチした」という状況が理解できず、固まっている。

……固まっている、はずなのに。

どこからか「お前じゃ無理だ」という声が聞こえた気がした。

「やめておけ」「間島(まじま)にパスしろ」「絶対にしくじる」

耳の奥の方でガンガンと誰かが叫ぶ。

いよいよオレの手からボールが離れようというタイミングで、事態に気付いた浜新保がボールをキャッチする姿勢をとった。

ヤバい――このまま投げたら確実にキャッチして投げ返される――

そうしたら終わり――次はない――

全てが終わったあとに責められる――

何故(なぜ)、間島(まじま)にボールをパスしなかったのか――

何故、お前みたいなやつが目立とうとしたんだ――

まだボールの軌道修正は可能だ――今からでも間島にパスを――

「――いけ!!　坪根(つぼね)タクミ!!」

……誰もが声を発せずにいる、静止の世界で。

アイツだけは、まるで最初からこうなることを知っていたかのように声をあげて――

オレの耳の奥でうるさく喚(わめ)く誰かを、黙らせてくれた。

「～～～ッ!!」

――オレは右手で振りかぶったボールを咄嗟(とっさ)に差し出した左手で押さえる。

シュートのタイミングをズラされ、浜新保(はましんぼ)は盛大にキャッチをすかした。

「なっ!?」

おれはすかさず、２度目の投球にうつる。

――なにがビビらなきゃ負けない、だ。偉そうに言いやがって。

――誰がビビるか、舐(な)めてんじゃねえ、ビビッてんのはお前らだろ。

――オレの可能性に、ビビってんだろ――

「──あァッ!!」

──ばずぅぅ───ん!!

その音は、静まり返った体育館の中で何度も、何度も反響する。

浜新保の体に当たって高くバウンドした弾は、まるで吸い込まれるように外野で待ち構えていた間島の手の内に収まり、

「完璧(かんぺき)だ、坪根タクミ」

──ばずぅぅ───ん!!

続く第2射で、オレに負けないぐらい良い音が鳴って、相手チーム最後の内野が沈んだ。

……ゲームセットだ、ざまーみろ。

体育館の静寂がその日一番の歓声で満たされたのは、それからかなり遅れてのことだった。

その後のC組との試合は……別に言うこともない。

相手チームに一度もボールを渡すことなく、間島の殺人マシーンみたいな投球で完全試合達成。

おれのささやかな頑張りなんて、すぐに皆の記憶から消えてしまった。

……ま、どうでもいいけど。

とにかく夏の球技大会・ドッジボール部門はB組の優勝だ。

「……結局付き合ったんだな、お前ら」

「うん？」

間島のヤツ——まったく信じられない、さっきあれだけバカスカ投げまくったばかりなのに汗の一滴もかかず、涼しげな顔でこちらを振り向いた。

バケモノかよこいつ。

「ほら、お前と高嶺サキだよ、付き合ってるんだろ」

「……言ったか？　おれが」

「あの高嶺サキが、あんな大声で、しかも名指しで応援してたんだぞ。誰だって分かる」

「そう、なのか」

ま、おれはもっと前から高嶺サキがコイツのことを好きなのは知ってたけど、今となっちゃ無意味なことだ。

「上村大祭でのこと、クラスの全員が知ってるよ。あの堅物風紀委員長と高嶺の花が!?　なんて具合に」

「く、クラスの全員が？」

「ここ最近はその噂で持ち切りだ、学校中に広がるのも時間の問題さ。……お前が一番風紀乱してるな」

「えっ……」

間島が、まるでこの世の終わりのような表情になった。

それが普段のコイツからは考えられないぐらい情けない表情だったので、おれは思わず吹き出してしまう。

ざまあみろ、オレが間島に一泡吹かせてやったぞ。

「そ、そんなことに……全然気付かなかった」

「お前が人並み外れて鈍感なだけだ」

「そうか……そうだよな、いや、確かにおれは人の感情の機微に疎い」

「はん、今さら気付いたかよ」

「実際、彼女と付き合い始めてからもそうだ。はっきり言ってどうしたらいいか分からん。お手上げと言わざるを得ない」

オレはぎょっと目を剥いた。

「おい、ちょっと待て」

「なんだ？」

「……お前、今、オレに恋バナしようとしてないか？」

「おお、よく分かったな」

……もう吐き出す溜息もなかった。ただただ呆れるだけだ。

「お前なんつーか……本当信じらんねーよ、友達でもねーのに」

「お互い気は合うと思うぞ、一度は同じ人を好きになったわけだし」

「馬鹿じゃねえの」

——限界、コイツと話してると本当に頭おかしくなりそうだ。

「どこへ行く？　もうすぐ閉会式だぞ」

「水飲みに行くだけだ、閉会式までには戻るからいちいち構うな風紀オバケ」

何が悲しくてこいつのノロケなんか聞かにゃならんのだ。

是非ともオレの知らねーとこでお幸せにどーぞ、オレにはまったく関係ないからな。

……関係ねー、けど。

「……ああそうだ、一個だけ言うの忘れてた」

「どうした？」

「お前って、たぶん自分が思ってるほど皆から嫌われてないぞ」

「？」

「じゃ」

それだけ言い残して、オレは体育館をあとにした。

……あー言わなきゃよかった。

慣れないことしたからハズイ、さっさと冷たい水で顔を洗いたい。

気持ち早足で、水飲み場に向かっていると……。

「――あれ？　さっきの人」

「ッぎゃ！」

薄暗い廊下で突然声をかけられ、情けない悲鳴をあげてしまった。

しかもその声をかけてきた人物というのが……、

「た……高嶺さん？」

どうやら彼女も水を飲んでその帰りらしい。

は、鉢合わせてしまった……！

チクショウ顔がいい……じゃない、体操服姿も可愛い、じゃない！

なんでよりにもよってこのタイミングなんだよ！

「あ、す、すみませんいきなり声をかけてしまって……」

「いい、いや、全然いいけど、なんで……？」

「その、さっきのA組との試合見てたので……最後の、フェイント？　すごかったです！」

「あ、ああ……」

なんだなんだなんだ……！　どういうつもりだ高嶺サキ？

まさか直接声をかけてくるなんて……報復か？　報復なのか？　色んな考えが一瞬のうちに頭の中をぐるぐる回る。

もういっそ逃げ出してしまいたい――そう思った時のこと。

「……じゃ、じゃあ、私もう行きますね。おつかれさまでした」

「えっ？」

予想していなかった展開に、思わず声が出てしまった。

バカ！　黙ってればいいのに！

「？　どうかしましたか？」

「あ、いや、その、あの……」

「……？」

不審そうに首を傾げる高嶺サキ。

そんな彼女を見ていたら、ふと――ある一つの可能性に思い至った。

もしかして……、

「高嶺さん…………オレのこと覚えてる？」

「!?」

瞬間、高嶺さんの顔がさーっと青ざめたのを、オレは見逃さなかった。

視線も途端に合わなくなる。彼女は分かりやすく動揺していた。

「えっ!?　あなたを覚えてるかって!?　そそそ、それは勿論!!　クラスメイトですから！　当たり前ですよ!!」

「……名字は？」

「みょうっ、名字!?　あ、あの――――、なんといいますか……ちょっとド忘れっていうか……忘れたわけじゃないんですけどね!?　ここまで出てますよここまで!!　えーと…………………………………………早稲田さん」

「誰？」

そんな名字のヤツ、クラスどころか学年にさえいないんだが。

「違、あっ、い、今のは2択！　2択で本命じゃない方だったんです!!　もう一個の方が本命ですから！　えーと…………慶お」

「――あー、いいよいいよ覚えてないなら覚えてないで」

多分そっちも違うし。

要するに高嶺サキはおれに関することをなにひとつ覚えていないってことだ。

「す、すみません……その、言い訳するわけじゃないんですけど、私、人の名前とか覚えるのニガテで……」

「いいのいいの！　忘れてるんならそれで！　じゃ！」

そう言って、今度こそオレは高嶺サキと別れる。

わはは、儲け儲け、なんだか笑えてきた。誰も見てなきゃスキップだってしてたはずだ。

生まれ変わった気分ってのはこういうのを言うんだろうか？

ともかく、オレは一本30円の棒アイスなんかよりよっぽどいい賞品をもらってしまった。

■間島ケンゴの章■

「閑さや岩にしみ入る蝉の声」なんて句がある。

校内でここほど「閑か」なところはそうないだろうが……、

なるほど開け放した窓から聞こえてくる蝉たちの鳴き声は、まったくしみ入るようだ。

ただしあの句が詠まれたのは、太陽暦に直すと元禄2年の7月上旬のこと。これは「寛文・延宝小間氷期」にあたり、今よりもずっと気温が低かったとされる。

つまり、当時は涼しかったのだ。

だから今再びおれがこの句を詠むとしたら「閑さや塩ビ焼きつく蝉の声」という……

……ダメだ、暑さで思考が麻痺している。

おれはソーダ味の棒アイスをしゃくりと齧った。

「うわ、あっついですね、ここも」

階下から聞き覚えのある声がのぼってくる。

……もうそんな時間か。

「今日の最高気温は35℃にものぼるらしい、なんにせよ球技大会お疲れ様、高嶺サキ――」

改めて説明するほどのことでもないと思うが、おれと高嶺サキは昼休みにきまって屋上前階段で並んで昼食をとる。

校内でおれたちが話す唯一の時間。２人が恋人関係になるよりも前からずっと続いていることだ。

しかし……、

「――」

高嶺サキの体操服姿を間近で見たのは、実は初めてなのであった。

彼女はぱたぱたと手で仰ぎながら、階段をのぼってくる。

「いえいえ！　私なんて全然ですよ！　バスケを選択したんですけど、オロオロしてるだけで試合が終わっちゃいました。間島君こそお疲れ様です！　ドッジボールすごかったですね！」

「――」

「ドッジボールも強いなんて、私びっくりしました！　Ａ組の人たちもすごかったですね⁉　あんな速い球、私だったらきっと怖くて目つぶっちゃいますよ！」

「――」

「……あのー？　隣座ってもよろしいでしょうか……？」

「はっ」

いかん、我を忘れていた。

……何を考えているんだおれは。

いいか？　体操着は吸湿・速乾・通気性に優れた非常に合理的なトレーニング・ウェアであり、当然この露出の多さも、スポーツをするうえで必要な形態なのだ。それ以上の意味はない。

分かったらさっさと高嶺サキと会話をしろ、おれ。

「あ、ああ、うん、遠慮しないで座ってくれ」

「ではお言葉に甘えて」

高嶺サキは——心なしか、いつもより少し離れた位置に腰を下ろす。

僅かに違和感を覚えたが、深くは追及しなかった。

「……間島君、なんですかそのアイス？」

「ああ、さっきの球技大会の賞品だ」

「それは分かるんですけど、その、量が多くないですか？」

高嶺サキの指摘通り、おれの手の内には棒アイスが複数本握られている。

片手の指の股に1本ずつ挟んで5本。おれが今齧っているのと合わせれば6本だ。

「おれはいいと言ったんだが、ＭＶＰだからと」

「……押し付けられたんですね」

「よかったらいるか？」

「いいんですか？　せっかく間島君がもらったものなのに……」

「こんなには食えない、なんなら少し困っていたんだ」

「じゃあお言葉に甘えていただきますね！」

「5本全部でもいいぞ」

「い、1本でいいです……」

というわけで、今日の昼休みは高嶺サキと並んで棒アイスを食べることとなった。

真夏の屋上前階段で、棒アイスを齧るしゃくしゃくという音と、蝉(せみ)の鳴き声がデュエットを奏でる。

「そういえばこの前はわざわざ看病ありがとうな」

「いえいえ！　あんなの大したことありませんって！　その後体調はどうですか？」

「全快だ、君の作ってくれた料理が効いたんだろう」

「そ、そうですか、えへへ……」

「ゴミ捨てまでしてくれて助かったぞ」

「…………大したことありませんよ」

「何故(なぜ)目を逸(そ)らす？」

「そっ、そんなことより！　明日から夏休みですねっ！」

「ああ、そうだな」

昼休みのあとには終業式があり、最後に長期休暇前恒例の大規模清掃を終えれば、長いようで短かった1学期が終わり――いよいよ1か月間の夏季休暇が始まる。

「楽しみですね！」

「ああ、そうだな」

本当のことを言うと、長期休暇に対して「楽しみ」という感想を抱いたことなんて一度もなかったが――。

……と、そんな時。

高嶺サキが「楽しみ」だと言うと本当に「楽しみ」な気がしてくるのだから不思議だ。

「君、アイスがこぼれそうだぞ」

彼女の食べかけの棒アイスが溶けて、その先からソーダ色の雫が滴り落ちそうになっているのに気付いた。

「え？　わっ！」

高嶺サキは慌てて口いっぱいにアイスを頬張る。

その際、彼女の身体が左右に大きく振れ、おれの身体にぶつかりそうになったが……。

「ッッ!?」

その寸前、彼女は過剰ともいえる反応でおれとの距離を大きくとった。

――あからさまな拒絶。

ピシッ、とおれの心にヒビの入る音がする。

「高嶺サキ、おれはまた知らずのうちに、何か君を傷つけるようなことを……」

「ちっ、違うんです違うんですっ！　そ、そうじゃなくて……その……」

　高嶺サキは早口でまくしたてるように言ったかと思うと、急に頬を赤らめ、言いよどんでしまった。もじもじと身体をよじって、ひどく恥ずかしそうだ。

「そのー……私も運動して、あ、汗をかいてしまったので……」

「……？」

「因果関係が分からない」

「汗臭いかもしれないじゃないですかっっ!!」

「!!!!!!」

　青天の霹靂（へきれき）であった。まったく自分の発想になかった。

　女子はふつう、自分の汗の臭いを嗅（か）がれることにここまで拒否反応を示すものなのか!?

「おれも気にした方がいいのだろうか……」

「間島（まじま）君は別に嫌な臭いしませんけど……」

「……君も別に不快な臭いなどしないが」

「鼻すんすんしないでください！　私が嫌なんです！」

「しかし汗をかくというのは生理現象で、むしろ健康状態が良好であることの……」

「……間島君はデリカシーがないですよね」

「!?!?!?」

このじとーっとした目！　そして肩を抱くポーズは明らかに拒絶の証！

間違いない、高嶺サキは怒っていた。

「す、すまな……あ！　いや!!　ありがとう!?」

「なんでお礼言うんですかっっ!!!!」

「いやその……君があまり謝られると寂しいと言ったから」

「タイミング考えてくださいタイミング！　びっくりしましたよ私！」

「……すまない」

「ふんっ」

そっぽを向かれた。どうやら完全に機嫌を損ねてしまったらしい。

デリカシーとは、感情や心配りなどの繊細さ、微妙さを指す語であり――どうやらおれにはそれが欠けているらしい。

自覚がないわけではなかったが、実際面と向かって、それも恋人から言われるとなると結構堪えるものだ。

「……本当にすまなかった」

「……」

しゃくりと棒アイスを齧る。

高嶺サキは以前、おれの良いところも悪いところも含めて好きだと言ってくれたが……

こうも悪いところばかり見せ続けていたら、いつか愛想を尽かされてしまうのでは？

「……」

そもそも、本当におれに「良いところ」なんてあるのだろうか？

考えれば考えるほど気分が沈んでいく……。

「……」

しゃく。

「………」

かける言葉も見つからず、アイスを齧っていたら。

「…………」

そっぽを向いていた高嶺サキが、ちらりとこちらを見て、

「…………でも」

どこか恥ずかしそうに、唇を尖らせながら言った。

「ドッジボールしてる時の間島君は、その、カッコよかったです……」

「！」

――スポーツのできる男は女から評価される
――そんなの原始の時代から決まってることだ。

さっきの球技大会で聞いた言葉が脳裏をよぎる。天啓だった。

これか……これのことか！　坪根タクミは、これのことを言っていたのか⁉

「……それは、許してくれるということか？」

「許す、といいますか……まあ、はい」

「おれが、君の体臭を嗅ごうとしてしまったことによる失点を……」

「改めて口に出さないでください！」

「球技大会での功績が補ったという認識で間違いないな⁉」

「へっ？」

そうだ、発想の転換だ！

おれは今まで自分の欠点をいかに抑えるかということばかり躍起になっていたが、うまくいかなかった。

なら、いっそ他で挽回することに注力すればいい！

短所を長所でカバーするんだ！

「……そうか、それならばむしろ、今までよりもずっとやりやすい……！」

「あ、あのー、間島君？　気のせいだったら申し訳ないんですけど、またなんか変なこと考えて……ひゃっ⁉」

おれはこの歴史的発見からくる興奮のあまり、身を乗り出して、高嶺サキの肩を掴んだ。

「──なにも心配はいらない、おれに任せてくれ！」

まるで一寸先も見えない闇に光明が差したような、そんな晴れやかな気分だ！

「………………っ」

が、少し浮かれすぎてしまったようで……。

最初は固まるだけだった高嶺サキの顔が、見る見るうちに朱に染まっていく。

恥じらいの赤から怒りの赤へ、という具合に。

──この失点も、すぐに取り返そう。

高嶺サキが本気で怒り出すまでの間、おれはそんなことを考えていた。

結局その日一日、高嶺サキは口を利いてくれなかったのでついぞ挽回の機会はなかったが。

■天神岡クルミの章■

「うおおおおぉぉ────っっ!?　風紀オバケすげえぇぇ────っっ!!　まただ!!」

「これで3人目だぞ!!　残りあと4人!!」

「風紀委員長だけで完全試合達成か!?」

「ま・じ・ま！　ま・じ・ま！」

学年別球技大会・2年生ドッジボールの部の熱狂は、まったく凄まじいものがありました。その盛り上がりようといったら、我々1年生にまで届いたほどです。

「ねえあれなに？ すごい盛り上がり」

「なんか風紀委員長がすごいんだって、詳しくは知らないけど」

「風紀委員長って、あの間島先輩？ よく校門の前に立ってる？ なにがすごいんだろ」

ついさっき、バスケの試合を終えて戻ってきたクラスの女子たちが、熱狂を遠巻きに眺めながら言いました。

ふふふ、参ってしまいますね、素人さんは……（笑）

「ねークルミちゃんあれなんだか知ってる？」

おっと、どうやら彼女は私のことを野次馬か何かと勘違いしたようです。

しかしまあ、そんなことで目くじらを立てるほど狭量な私ではありません。

「よかったら一緒に見に行きますか？ すごいものが見れますよ」

むしろ提案してあげました。

すると彼女らは……、

「えー、別にそこまではしなくていいかなぁ」

「上級生怖いし、また今度にするー」

「じゃーねークルミちゃん」

……………帰っちゃった。

私はしばらくの間、おしゃべりをしながら階下へ下りていく彼女らの背中を、呆然と見つめていました。

「……ふっ」

思わず鼻で笑ってしまいます。

ああ、なんて勿体ないことを……今度なんていつあるか分からないというのに……。

しかし無理からぬことです。センパイがどれだけすごいかなんて、きっと彼女らの想像が及ぶところではないのですから……

私は一人ギャラリーへ入っていくと、バカ騒ぎする2年生たちを後ろから眺められる位置で腕組みをしました。

「よーかい風紀オバケまじでハンパねー！」

「なにあの球！　バズーカじゃん！　人間バズーカ！」

「ただのマジメ君じゃなかったんだねー」

すぐ近くで、いかにも頭の悪そうな女子3人組（おそらく2年生でしょう）が、興奮した様子で話しているのが聞こえてきました。

よーかい風紀オバケとかいうふざけたあだ名は許しがたいですが……それはこの際いいです。

そんなことよりも笑ってしまうのは、あのセンパイと同じ学年にいながら、そのすごさに全く気付けず1年を棒に振った、その節穴加減と言わざるを得ないでしょう。

私はふすーと鼻息を吹き出しました。

「……!?　お、おい……！　誰あの可愛い子……！」

「うわっ!?　超美人！　でも見たことねえな、1年生か……？」

あ、ちょっとそこの先輩2人組。

私なんかじゃなくてセンパイを見てください、間島センパイを。

ほらほら、あの美しすぎる投球フォーム！　容赦のない速球！　見ないと損ですよ！

――ばずぅぅ――――ん!!

ボールの命中する音が体育館中に鳴り響き、ギャラリーは更なる熱狂に包まれました。

「うおおおお――――っっ！　間島すげ――――っっ！」

「このまま一人で全タテしちゃうんじゃねえの!?」

「見直したぞ風紀委員長――っ！」

このバカ騒ぎに、私はやれやれと肩をすくめました。

まったく、浅すぎますね……（笑）

間島センパイがすごい？　そんなのは当然のことです。

あなたたちは知らないかもしれませんが、センパイは中学生だった頃からずっと変わらず、すごいのです。

それは日が東から昇り、また西へ沈むよりも明らかなこと。

要するにここは、間島センパイのすごさに驚嘆するのではなく、間島センパイのすごさに気付けなかった自分たちを恥じる場面で……

「──間島君、がんばってぇ────!!!」

突然ギャラリーから振り絞るような声援があがり、一瞬皆がぎょっとするのが分かりました。

ほほう……どうやら先輩たちの中にも見込みがあるのがいるようですね?

私はその上級生の顔を一目見ようと、そちらへ視線を向けて……

「……えっ」

驚きのあまり、思わず声をあげてしまいました。

だって声をあげているのは、あの……、

「……高嶺サキ?」

──ばずぅぅ────ん!!

またも間島センパイがボールを命中させ、ギャラリーが沸き上がります。

しかし私の視線は彼女の横顔に釘付けになっていました。

どうして。

どうしてあの高嶺サキが、間島センパイの名前を……。

「え!? ヤバいヤバい!! 高嶺さんってあーいうキャラだっけ!?」

さっきのいかにも頭の悪そうな女子3人組が、声を押し殺してはしゃいでいます。

私は慌てて聞き耳を立ててました。

「もっと大人しいっていうか、ミステリアスなイメージだったんだけど!!　てか名指しで応援してるけどあの2人って仲いいの!?」

「おやおやおや、情報が古いですなー金屋殿」

「おっ、もしかしてシズク新情報持ってる!?　パパ活よりも!?」

高嶺サキがパパ活!?

私は思わず身を乗り出してしまいます。

「いや古っ！　その情報古すぎるよマイマイ！　ってかそれチョー――デマらしいよ、なんだっけ、どっかのクラスの男子がフラれた腹いせで流したとか」

「マジ!?　キッショ!!　じゃあ今度高嶺さんにこの前のこと謝らないとじゃん!!」

「そんなことより新情報ってなに～？」

「それはね……」

言い出しっぺの彼女が、ニヤニヤ笑いながら他の2人に顔を寄せます。

私も彼女らに気付かれないよう、さりげなく、さりげなく顔を寄せて……。

「――あの2人、付き合ってるらしいよ！」

「「ええ――――っっ!?!?!?」」

まずは初めに、2人が絶叫して、

「は?」

次に私が、自分でも驚くぐらい低い声で言い、

「「「えっ?」」」

3人が、同時にこちらを振り向きました。

もう気付かれないようにとか、さりげなくとか、そういう次元の問題ではありません。

「えっちょっ、誰……ひぎゃっ!?」

私は手近にいた上級生の胸倉を掴(つか)んで、引き寄せました。

周りの皆は試合に夢中でこちらには気付いていません。

「えっなっなになになになに誰誰誰誰誰!?!?」

「すいません……先輩……」

私の胸の内で、粘り気のある何かがごぼごぼと煮立っているのを感じます。

この感覚には覚えがありました。そうです、この感情は、あの時と全く同じ。

――裏切られた、失望です。

「その話……詳しく教えてもらっても……?」

ばずぅぅ――――ん、と音がして、
名前も知らない上級生の彼女らは、今にも泣きだしそうな顔で何度も頷きました。

第三部　恋愛相談は異性も交えるべし

■間島ケンゴの章■

夏休み初日、おれは学校の図書室にいた。

——図書室は好きだ。

静かで涼しく、埃っぽい臭いはいつもの屋上前階段を彷彿とさせる。

それに夏休みともなると普段ただでさえ少ない人が更に少なくなる、これがいい。

思う存分、勉強に集中できるから——。

「お邪魔しまー……うわ！　チョー涼し!?　確かにこりゃ穴場だなー」

「だから言っただろ？　ボクの情報網舐めんなって」

……のはずだったんだが、うるさい2人組の登場で集中力が途切れてしまった。

この声は……聞き覚えがあるどころではない。

「——ってあれ!?　あそこにいるのケンゴじゃね!?」

「ホントだ！　こんなとこでなにしてんのさ間島クン!?　夏休みだよ!?」

「……図書室でノートを広げて、遊んでいると思うか」

あとその台詞はそっくりそのままお前らに返す。

図書室に現れたのは――もはや言うまでもない。

背の高い好青年風の男が荒川リクで、背が低い優男が岩沢タツキ、風紀委員の凸凹コンビこと、おれの数少ない友人の２人だ。

おれは人差し指を唇に当て、声を押し殺して言う。

「こんな当たり前のこと改めて言いたくはないが、図書室では静かにしろ……！」

「えー？　静かにって……他に誰もいないじゃん！　相変わらず堅いなぁ！　ちょっとぐらいいいいって！」

「……おれが許すと思うか？　次にそれ以上の声量で声を発してみろ、つまみ出す」

「ひっ」

「……あ、これマジの目だな」

ようやくこちらの本気度が伝わったらしく、２人は声のボリュームを抑えた。

前から思っていたが、この２人は風紀委員としての自覚がイマイチ足りない。

「……で？　お前らは夏休みに何をしている」

「あはは、オレたちアホだからほしゅー」

「い、一緒にすんなアホっ、ボクは2科目で荒川は3科目だろ」

「どっちもアホだ」

友人としてただただ嘆かわしい。

「それで間島クンは？　もしかして補習？」

「あはは、ケンゴが補習なんか受けるわけねーじゃん学年1位なのに、バカだなータツキは」

「あ？　やんのか荒川」

「お、いいぞ、かかってこいよ」

「――まとめてつまみ出すか？」

「「すみませんでした」」

いい加減、勉強に戻らせてくれ。

「どうもこうも……見ての通り勉強中だ」

「間島クンは相変わらず勉強熱心だねえ」

「なんの勉強？　夏休みの宿題？　まさかなー、初日からそんな気合い入れてやるわけ……」

「いやいやいや……荒川、よーく考えてみなよ」

「うん？」

「キミは大事なことを忘れている……あるじゃないか、今の間島クンには夏の厄介者を早々に片付けたい理由が……」

「まさか……」

「――そう、この夏間島クンには人生初の『カノジョ』がいるんだ。だから宿題なんてさっさと片付けてせっかくの夏休みはカノジョと遊び倒そうってこと、どーよ荒川この推理」

「非の打ち所がない」

荒川が手をぺちぺちと合わせて拍手の真似なんかをやっている。

2人で勝手に盛り上がってるところ悪いが……。

「全然違う」

「ははは、なーんてね、さすがに違うって分かってたよ。他でもない間島クンのことだ、カノジョにうつつを抜かして勉強なんて……」

「おれがしていたのは恋愛の勉強だ」

「はっ？」

おれは開いていたテキストを閉じて、彼らに表紙を見せる。

――臆病(おくびょう)な恋とはもうさよなら！　新世代の恋愛戦略！

今からモテる！　超・恋愛心理学講座
気になるあの子が、気になるあなたへ――

「……」

「……」

これを見て、2人はまるで凍り付いたように動かなくなってしまった。

1秒、2秒……いったいどれくらいの時間が経ったろう。

「岩沢の肩が小刻みにぷるぷると震え出して……。

「――あっはははははははははは!! 真面目な顔してなに読んでるかと思ったらなにこの胡散臭すぎる恋愛ハウツぎゅ」

――岩沢が全部言い終えるよりも早く、後ろに回り込んで首を締め上げた。

岩沢はようやく静かになり、これを見て荒川は「ヒッ」と短い悲鳴をあげる。

おれは片方の腕で岩沢を締め上げたまま、荒川に「しーっ」とジェスチャーをした。

「図書室では、静かにだ。分かるよな? 荒川」

「……も、もう出ていくんで堪忍してください……」

「それがいい」

おれは囁くように言って、岩沢を解放する。

浜に打ち上げられた昆布みたくなった岩沢を、荒川がすかさず回収して、図書室から撤退していった。

……ああ、これでやっと静かだ。

おれは誰もいなくなった図書室で1人、席について勉強を再開した。

ええと、どこまで読んだんだったか……。

「自分と共通点のある人間に親近感を抱くことを類似性の法則といい……なるほど、案外論理的なんだな……」

夏休み2日目、おれは開店準備中のスナック『レオ』にいた。

姉さんが今は亡き大叔母から譲ってもらったというこのスナックは、昭和の面影を色濃く残しているが……

さすがにカラオケ機材は最新のものに切り替わっている。

あらゆる操作がタブレット一つで自由自在、これは非常にありがたい。

なんせおれがまだ小さかった頃は辞書よりデカくて分厚い、俗に言う「歌本」から歌いたい曲を探して……いやそれはこの際どうでもいいか。

大事なのは、このタブレットのおかげでおれが気兼ねなく勉強に集中できるということだ。

おれは再びタッチパネルを操作して、今流れている曲に「一時停止」をかけた。

頭上のテレビ画面に歌詞が表示されている。

——2人離れていても、心は繋(つな)がっているよ。

なるほど……ここまでは理解できる。

物理的な距離は離れていても、お互いを想い合っているため心は繋がっているという、一種の詩的な表現だろう。しかしここからが分からない。

——でも最近、あなたから心が離れるのを感じるの。

「……？」

　──いつか想い合った日々のことが、色褪せない想い出に──

「……なんか締めに入っていやしないか!?」

「うるせぇ────────っっっ!!!!!!」

　おれの傍で開店準備を進めていた姉さんが絶叫した。

　いつものラフな格好でなく、仕事用の小綺麗なドレスに着替えた姉さんは、なんだか怒っている風に見える。

「……どうした?」

「どうしたじゃ、ねぇ──っっ!!!!　一昔前の安っぽいラブソングをガイドボーカル付きでなんべんも鬼リピしやがって!!　聴いてるこっちの頭がおかしくなるわ!!!!!!」

「事前に許可をとったろう、開店時間まで少しカラオケを使わせてもらうと……」

「おんなじ曲のおんなじフレーズ巻き戻して何十回も聴くって知ってたら許可するわけねえだろうがぁ──っっ!!!!」

「そうは言われてもな……」

「とか言いながら巻き戻すなコラっっ!!!!」

「あっ!」

　姉さんにタブレットをひったくられて、演奏中止ボタンを押されてしまう。

　まだ勉強の途中なのに……。

「姉さん頼む、もう少しだけ、おれはまだこれを歌った人間の心情を理解できていない」

「これ歌った女に新しい男ができただけだよ！　4分間言い訳してるだけ！　終わり！」

「…………不誠実では？」

「シンガーソングライターで恋愛に誠実なやつなんかいねーよ！」

それは職業差別ではないのか、と指摘できる雰囲気ではない。

「ケンゴがアタシに頼み事するのなんて珍しいと思ったらなんでこんなトンチキな……」

「必要なことなんだ」

「ラブソング鬼リピするのが必要な場面なんて……って、コラコラコラ!!　さりげなく別の曲かけようとすんな!!　やめろ!!　鬼リピ禁止！」

今度こそ完全にタブレットを取り上げられてしまった。

うーん、もう少しで何か掴めた気がするのだが……。

仕方ない、明日はまたアプローチを変えてみよう。


夏休み3日目。

うだるような夏の暑さの中、おれは上村市で最も大きな書店を訪ねた。

ふだんなら勉強に使うテキスト類を買うために一直線に奥まった棚へ向かうのだが……今日は勝手が違う。

用があるのは入り口近くの雑誌コーナーだ。

「ふむ……思った以上に多いな」

雑誌コーナーなど初めて立ち入ったし、ましてふだんは雑誌など気にも留めないが……。

改めて見てみると、その種類の多さに驚かされる。

ファッション誌に音楽誌、スポーツ雑誌、テレビ情報誌、旅行雑誌、文芸誌、漫画雑誌、これは……模型雑誌？　世の中にはこんなにも雑誌があるものなのか？

……まずい、目が滑る。

目当てのソレを見つけるどころか、どれが男性向けでどれが女性向けなのかすら分からない。

ええと、表紙に男が写っているのが男性向けで女が女性向けか？

とりあえず目についた一冊を手に取ろうとした、その時、

「……瀬波(せなみ)ユウカ？」

雑誌コーナーの片隅で、見覚えのある人物が立ち読みしているのを見つけた。

2年A組・瀬波ユウカ。

健康的に焼けた肌といくつもつけた髪飾り、くりっと丸い目がどこか小動物を彷彿(ほうふつ)させる快活な女子だ。私服姿は初めて見た。

「……？」

どこかつまらなそうに雑誌へ目を通していた彼女だが、視線を感じたらしい。

おもむろにこちらを振り向いて、

「げっ」

と、よく分からない声をあげた。

彼女はすぐさま読んでいた本を平台へ戻し、足早に立ち去ろうとする。

「――待て瀬波ユウカ、少し話がある」

「わっ、私なんも校則違反してないしィっ⁉」

「？　違う、校則違反の指導ではない」

「へっ、そうなの？　じゃあなんの用？」

瀬波ユウカがきょとんとした顔で言う。

……もしやおれは、校則違反者の取り締まりでしか話しかけてこない人間だと思われているのか？

いやまあ、それはこの際どうだっていい。

「聞きたいことがあるんだ」

「聞きたいことォ？　……私に？」

「そうだ、頼む、こんな相談できるのは君ぐらいなんだ」

「お、おう……？　まあ私に答えられることなら別にいいけど……」

「ありがとう、ちょっと待ってくれ、メモにまとめてきた」

おれは胸ポケットからメモ帳を取り出して、ぺらぺらページをめくる。

しかしこのタイミングで瀬波ユウカに会えるとは、まったく運がいい。はっきり言っておれ1人ではお手上げだったのだ。

えーと、まず最初の質問は……。

「てかなに書いてあんのそれ……？」

ああ、あったこれだ。

「──瀬波ユウカは異性のどういったところに魅力を感じる？」

「ぶっ」

何故か瀬波ユウカが吹き出した。

はて？

「どういった異性に魅力を感じるかと言い換えてもいいが……？」

「違う……質問文が分かりづらかったわけじゃない……!!　それ聞いてどうすんのさ!?」

「？　参考にする」

「何の!?」

「今後の」

「今後の!?」

……何をそんなに驚いているのか分からないが。

ともかく答えづらい質問だったのだろう、仕方ない別のにするか。

「記念日に恋人とデートで行くなら、どういった場所が憧れる？」

「ちょっ、待っ、待っ、せめて息継ぎ……」

「これもダメか、では恋人からされて嬉しいことは？」

「待って待って待って」

「手を繋ぐのは何度目のデートからが好ましい？」

「ま、間島君!?　人が見てるから!?　ね!?」

「バックハグについてどう思う？」

「しっ、しないでよ!?　こんなとこで絶対しないでよ!?　ねえ!?」

「こんな初デートは嫌だ、どんなデート？」

「大喜利!?　ねえこれ大喜利やってんの!?」

「……イマイチ要領を得んな」

結局、分かったのは「書店でバックハグをしてはいけない」ということだけだ。

……ところでバックハグとはなんだ？

「そして瀬波ユウカ、君なんだか顔が赤くないか？」

「あっ、アンタのせいだろ!!」

息も荒く、肩を上下させながら、小さな身体で声を荒らげる瀬波ユウカ。

怒っているのか？　なんだか最近のおれは人を怒らせてばかりいる気がする。

ともかくこの状況、どうしたものかと頭を悩ませていると……、

「いやあ、まさか発売日にジュメッツの新刊が置いてないとはなー」

「だから言ったろ？　これだから田舎は嫌なんだ、こんなクソ暑いのに無駄足だよ無駄足、ミクドにシェイクでも飲みにいこう」

「おっ関西風〜……ってあれ？　あそこにいるのケンゴじゃね？」

「あ、ホントだ！　夏休みなのによく会うな〜」

デジャヴだ、またも荒川・岩沢コンビに出くわした。

……お前ら本当に仲がいいな。

「ん？　ケンゴと一緒にいるのは……」

「あーソフトテニス部の瀬波ユウカだね、珍しい組み合わせだなあ」

「ちょっ、ちょっと待ったァ!!　アンタら風紀委員だよね!?　なんかお宅んとこのボスが変なんだけど!?」

「なんだなんだ？」

あれよあれよという間に荒川と岩沢も加わって、４人の上高生が一堂に会した。

「……よく分からないが、おれは何か変だったか？」

「ははは間島クンはいつだってちょっと変だよ。で？　どのへんが変だったの？」

「いきなり私のタイプ訊いてきたんだけど!?」

「めっちゃ変じゃん!?」

目を剥いて仰天する岩沢、そんなにか？

「……で？　結局ユウカちゃんってどういう人がタイプな痛っっだぁ!?　なんで足踏むの!?」

「どさくさに紛れて訊いてくるな！　初対面なのに気安い!!」

「初対面なのに足踏まないでよー、もー……」

そして荒川がなにやら瀬波ユウカとじゃれ合っている。

もうメチャクチャだ。

「……とりあえず場所を移していいか？　店に迷惑がかかる」


——というおれの提案で、おれたち４人は書店から少し離れたハンバーガーチェーン『ミクドナルド』へやってきた。

ちなみに店のチョイスは荒川と岩沢たっての希望である。

世界規模で展開するファーストフードチェーン『ミクドナルド』、リーズナブルかつボリューミー、加えて豊富なメニューはまさしく高校生の味方……といった具合らしいが、
恥ずかしながらおれは、人生初来店だった。

「あのー……お客様？　そろそろご注文お決まりでしょうか……？」

「……すみません、もう一つだけ、このフィッシュバーガーというのはいったいなんの魚を使用して……あとできればグラム数を教えていただけるとおおよそのサイズ感が掴めるのですが」

「はよ決めろ風紀オバケ！」

「ねー間島クン後ろつかえてるからー」

「おねーさんその人にはフィッシュバーガーのセット、ドリンクは烏龍茶で」

「あ!? 荒川なにを勝手に……!!」

「かしこまりましたー、お席でお待ちください」

——なんて一幕もありつつ、おれたちは４人掛けテーブルへ着席。

ちなみに生まれて初めて食べたミックのフィッシュバーガーは——革命的だった。

なんと臭みのない上品な白身魚のフライ！　値段からは考えられないクオリティだ！

今までは先入観からファーストフード全般を敬遠してしまっていたが、なるほど、これは世の高校生たちが魅了されるのも分かる……。

「新たな知見を得た、悪くない。同時に野菜もとれればもっといいのだが」

「……で？　私、間島君の食レポ見に来たわけじゃないんだけどォ」

向かい合って反対側の席で、瀬波ユウカがフライドポテトをつまみながら言う。

半ば無理やり書店から連れ出されたためか不満そうだ。

「まあいーじゃん瀬波さん、ここは間島クンのオゴリなわけだし……うんまぁ」

おれの隣で極めて幸せそうにアップルパイをかじる岩沢(いわさわ)が瀬波ユウカを宥(なだ)めて、

「あっ、ユウカちゃんオレにもポテト1本ちょうだ……痛っ!?」

てりやきバーガー片手にポテトへ手を伸ばした荒川が、再び瀬波ユウカの怒りを買って、ばちんと手を叩(たた)かれていた。

「もー……ひどいよユウカちゃん、オレなんかしたぁ?」

「私、アンタみたいにチャラいの一番ムリだから」

「あっ！　オレよく見た目よりチャラくないねって言われるよ」

「で、間島君さっきの話なんだけどさァ」

「無視ぃ～」

「――間島君、最近なんか変じゃない?」

瀬波ユウカはしなったポテトでおれを指しながら言った。

「いや元から変だったけどさァ、最近輪をかけて変だと思うんだけど」

「……そうか、おれは変なのか」

今までそんな風に評されてもなんとも思わなかったが、今は少しだけ堪(こた)える。

――しかし、同時に今のおれにはそういった恥を忍んででも、知らなければいけないことがあるんだ。

「荒川リク」

「うん？」

「岩沢タッキ」

「ふぁい」

「そして瀬波ユウカ」

「……改まってどうしたのよ」

「君たちを見込んで、どうしても聞きたいことがある」

こちらの真剣度合いが伝わったのだろう、彼らは息を呑んだ。

……おれも覚悟を決める時だ。

皆が見守る中、意を決して口を開く。

「――女子は普通、どういうことをされると喜ぶものなんだ？」

「……」「……」「……」

初めに、沈黙があった。

キッチンの方から聞こえてくる独特なメロディが静寂の中でやけに響いた。

「……」

最初に動き出したのは岩沢だ。

紙パックのミルクをちゅうちゅうやりながら荒川へ視線を送る。

「……」

これを受けて荒川、岩沢と目配せしたのち、横に座る瀬波ユウカへ視線を流して……、

「痛ったぁ!?」

――テーブルの下で、思いっきり足を踏み抜かれた。

「なんで今足踏まれたのオレ!?」

「こっち見んな！」

「ユウカちゃん理不尽すぎるよ～……」

「ごめん間島クン、なんだって？」

何故かじゃれ合っている2人はさておき、岩沢が改めて聞き返してくる。

「女子は普通、どういうことをされると喜ぶものなんだ？」

「え――――と……これはまずどういうつもりなのか聞いた方がいいな」

「知っての通り、おれはクラスメイトの高嶺サキと交際しているわけだが……」

「はあ」

「どうにもうまくいかない、失敗ばかりだ」

この前の初デートにしたって、高嶺サキは「楽しかった」と言ってくれたが、個人的に満足のいく内容にできたかは甚だ疑問が残る。

「初めはおれ自身の欠点を隠して、いわゆる『フツーの男子』になろうとしたが、これもうまくいかなかった。だからアプローチの方法を変えることにしたんだ」

「というと？」

「失点を抑えるのではなく、得点でカバーする。失望されてしまうなら、それ以上に喜ばせればいいのではないかと考えた」

……しかし、最近ではそれすら若干の行き詰まりを見せ始めている。

「どうにもおれはスマートにできない、根本的に女心というやつが分からないせいだ。普通の女子が何をすれば喜んで、何をすると嫌がるのか、まるで見当がつかない」

「……だから私にいきなり好きなタイプとか訊いてきたの？」

「一般的な女子の意見が知りたかった、雑誌コーナーにいたのもそのためだ」

もっと言えば、高嶺サキからもらった恋愛ハウツー本を読み漁ったのも、レオのカラオケでラブソングの歌詞を分析しようとしたのも、全ては「女心」を理解するためであった。

瀬波ユウカが大きな溜息（ためいき）を吐き出す。

「共感はできないけど理解はできた。でもよりにもよってどうして私に訊くんだか……」

「すまない、上高（カミコー）でマトモに会話をしたことのある女子が君ぐらいしかいなかった」

「…………もしかして春先に校門前で話したアレのこと言ってる？　高嶺さん間島君のこと好きらしいよって伝えた、あの」

「そうだが」

「は——っ……アレはマトモな会話のうちに入らないと思うんですけどォ……まあいいや、

男子2人から何か意見は？」

「えっ、ボクら？　……恥ずかしいけどボク、実はそんなにちゃんと女子と付き合ったことなくて……荒川どう？」

「う————ん慣れ？」

「元も子もないなあ」

「だってそうとしか言いようがないもんなー、付き合って別れてを繰り返しながら少しずつうまくなっていくもんだよこういうのは、いくら口で言ったってどうせ理解できねーもん」

荒川の意見は、確かに的を射ているように思える。

どんな世界だってそうだ。スポーツや勉強も、失敗した時にこそ次がもっとうまくなる。

口でいくら説明されたって分かるものではない——だけど、

「——それじゃダメなんだ」

分かったうえでなお、どうしてもこのワガママを通したい。

「おれは女性の扱いがうまくなりたいわけじゃなくて、高嶺サキを大事にしたいんだ」

高嶺サキはこんなおれを選んでくれた。

カタブツで、鈍感で、なんの面白味もなく、皆の嫌われ者なこのおれを。

だったらおれはそれに応えたい。ほんの少しの後悔もさせたくはない。

「——彼女には、星の数ほどいる男の中から間島ケンゴを選んだのは間違いじゃなかったと、そう思ってほしいんだ」

これが今のおれの、嘘偽りない気持ちだった。

「……」

奇妙な間があって……、
荒川と岩沢が、ほとんど同時にはぁーっと感嘆の声を漏らした。

「いやー……まさか間島クンの口からそんな台詞が出てくるとは……」

「恋人できると変わるっていうけど……ここまで変わったのは初めて見たわ」

「てかこのセリフをそのまま高嶺さんに聞かせたらそれで全部解決な気がするんだけど？」

「ホントだなー、ユウカちゃんはどう思……あれ？　なんかめっちゃ顔赤くない？」

「う、うっさい！　アンタら風紀オバケに慣れてるかもしんないけど、面と向かってあんなこと言われたら誰だってこうなるだろ！」

……またおれは何かやってしまったか？

ぎゃあぎゃあ言い合う彼らを眺めながら、おれは自分のぶんのポテトをつついた。

少し塩気が強いが、美味い。

「と、とにかく！」

ばん、と瀬波ユウカがテーブルを叩いた。

「間島君はサキサ……高嶺さんのことをカレシとしてスマートにエスコートして、見直してもらいたいって認識で合ってるよね⁉」

「間違いない」

「だったら私に案がある！」

「本当か⁉」

おれは思わずテーブルから身を乗り出す。荒川と岩沢も彼女に注目していた。

そんな中、彼女は一言――、

「――この面子に高嶺さんを加えて、海に行こう」

そう言って、まるでリスみたく口いっぱいにポテトを頬張った。

「う、」

「海ぃ？」

よかった、彼女の発言の意図が分からないのはおれだけではなかったらしい。荒川と岩沢も揃って眉をひそめている。

おれはすかさず挙手した。

「はい風紀オバケ君、発言を許可します」

「……なぜ海へ？　因果関係が分からない」

「だってその話さァ、そもそもこんなとこでポテトつまみながらいくら議論したって、はっきり言って無駄じゃん」

「今回の話し合いを根本から揺るがしかねない発言だ！」

「もーいい加減パターン分かり切ってるんだわァ、私らがここで頭捻って色んなアドバイスしたところで、どうせアンタらトンチキな解釈して余計こじらせるに決まってるじゃん」

「それはまったく」

「その通りとしか言いようがないな」

荒川と岩沢が何度も頷く。

待て！　君たちはそっちの味方なのか⁉

「し、しかしじゃあ、どうしたら……」

「だからみんなで海へ遊びに行くのよ、こんなところで話し合うより直接サポートした方がずっと早いでしょ？」

「……あっ‼」

おれはようやく瀬波ユウカの意図を理解した。

荒川と岩沢も同様に、感嘆の声を漏らしている。

「なるほど……確かにその発想はなかった！　灯台下暗しってやつ⁉　ここであれこれ言うより間島クンの近くでフォローするのが一番確実じゃん！」

「海なら色々できるしな！　海水浴だろ、バーベキューだろ、花火だろ……」

「私らはさりげなくサポートに回って、いい雰囲気になったら間島君と高嶺さんを2人っきりにする。もうこれでいいでしょ？　はい決まり」

「ちょっ、ちょっと待ってくれ！」

　おれは慌てて2人を制す。

　確かに理屈は分かった、分かったのだが……

「素晴らしい案だと思うが、その方法だと皆に迷惑が――」

「「「かからない!!」」」

　3人の声が同時に重なり、おれの言葉が遮られる。

「また公衆の面前で好きなタイプ聞かれる方がずっと迷惑だしィ」

「いいじゃん海！　ちょーどボク身体焼きたかったんだよ」

「そういやケンゴと夏休みどっかに遊びに行くのってなにげに初じゃね!?　アガるな〜。スイカ割りやろーよスイカ割り」

「じゃ決まりね、週末あけといて」

「……お前たち」

　確か、いつかも。

　こういう風に友人を信頼して相談した結果――高嶺サキと付き合えたんだっけか。

　おれはそんなことを思い出しながら、ふと自分の目頭が熱くなるのを感じていた。

　まったく、おれは良い友人を持った。

「君たち、おれのために本当にすま――」

そう言いかけて、口をつぐむ。

違う、ここで口にするべきは謝罪の言葉ではなく、

「――ありがとう、恩に着る」

これだ。

彼らはこれを受けて、どこか嬉しそうに笑っていた。

「じゃ、オレも新しい水着買いにいかねーとなー、ちなみにユウカちゃんどんな水着……あ、ウソウソ、なんでもないから足踏まないで」

「海、海か……ボク今年は思い切ってナンパとかしちゃおっかな……モデル体型のビキニ美女……フフフ……」

「とにかく話はまとまったね、間島(まじま)君もいいでしょ？」

「ああ勿論(もちろん)だ！　……そしてこちらから呼びつけておいてすまんが、おれはそろそろ」

「え？　間島クンもう帰っちゃう？」

「なんか用事でもあんの？」

「ああ、今日はＤＶＤのレンタル料が半額なんだ、帰りに寄っていきたい」

「間島クンがＤＶＤ？　あんまりイメージないけど……なんか見たい映画でもあんの？」

「いや、恋愛について映像作品から学ぼうと思って」

「……ほどほどにね」

「じゃあケンゴまた海でなー」

「ポテトご馳走様ァ」

「ああ、じゃあ3人ともゆっくりしていってくれ」

おれは彼らに別れを告げて、足早にミクドナルドを後にした。

……そういえば。

「学校の外で友人と食事をするのは、今回が初めてか？」

言うまでもなく海水浴も初だ。

思えば、高嶺(たかね)サキと話すようになってからのおれは「初めて」ばかり経験している。

そしてそれらの経験はどれも……正直、悪くない。

「……今度また、あいつらと来られたらいいな」

店の前に停めておいたママチャリに跨(また)がりながら、柄にもなくそんなことを呟(つぶや)いた。

■瀬波(せなみ)ユウカの章■

……なんだかどっと疲れた。

あの風紀オバケと話していると、まったく身が持たない。

間島君の背中を眺めながらしみじみ思った。つまんだポテトはすでに冷めてしけっている。そして間島君が店を出たのち、ややあって近くの席に1人で座っていた女子も店を出た。そんな場面をなんの気なしに眺めていたら、

「……天神岡クルミだ」

と、岩沢君がおもむろに言った。

「え?」

「天神岡クルミ、1年B組の、さっきまでそこに座ってたでしょ」

「……さっき出ていった人のこと? なんで知ってんの?」

「タツキは顔が広いからなぁ」

荒川君がのんびりした口調で言う。

……いやいやいや、顔が広いとかそういうレベルじゃないでしょ。

1年生なんて入学してからまだ3か月ぐらいしか経ってないのに。

「……ごめん私は全然知らない。でもま、いるでしょ上高生ぐらい、ここ溜まり場だし」

「——あの子、中学時代に間島クンのことぶん殴った子だよ」

「え、なにそれ」

あの風紀オバケが中学時代に宮ノ下とかいうカス男をぶん殴ったのは知ってるけど、それは初耳だった。

「空手部時代の後輩で、当時は間島クンのことチョー慕ってたらしいけど、2年前に学校近くのぼろっちい焼き肉屋で……何を思ったのか保護者の前で間島クンの顔ぶん殴って、それで空手部の連中に取り押さえられた」

「ああーあれかあ、オレも話だけ聞いたことあるなぁ」

「……なにそれ、そんなヤバい噂、私も東中出身なのに初めて聞いたんだけど」

「間島クンが誰にも言ってないからね、いやーすごかったんだよ、間島クンしばらくこーんなに顔腫れあがっちゃって」

「あったなー」

「……」

……そんな子が、どうしてあんなに近くの席に1人で座っていたんだろう？

単なる偶然だろうか？　それとも……

様々な懸念が私の頭の中をよぎるが――馬鹿らしくてすぐにやめた。

なんで私が風紀オバケの心配しなきゃならんのさ、そういうのはすでに適任がいるのに。

「――そんなことより海だよ海、週末ちゃんとあけといてね」

「え？」「へっ？」

荒川君と岩沢君が、2人揃って素っ頓狂な声をあげた。

「えー――と、瀬波さん？」

「それさっきも聞いたけど……」

「違う違う、アンタらに言ったわけじゃない」

「……？」

いよいよ2人は鳩が豆鉄砲でも食らったような顔になる。

じゃあ種明かしの時間だ。私は懐にしまっておいたスマホをテーブルの上に置いた。

──スピーカーモードで通話中になっている、スマホを。

「アンタのカレシ、もう帰ったよ」

『…………うう』

「!?」

スピーカーを通して彼女の声が聞こえた時、風紀委員の2人組はぎょっと目を剥いた。

「……っ!?」

いつから、と荒川君が口をぱくぱくしながら尋ねてきたので、この店に入ってから、とアイコンタクトで答える。

「……というわけで、サキサキに言われた通り探ってみたけど、最近の間島君の様子がおかしかった理由、分かった？」

『……わ……分かりすぎました……』

「だから言ったじゃゃん、あの風紀オバケに限って浮気とか心変わりとか変な心配いらないって」

『ほ、本当にユウカちゃんの言う通りでしたね…………えへへ』

「なにその気持ち悪い笑い」

『い、いやあ……安心して気が抜けちゃったっていうのもあるんですけど……それ以上に間島君が私のためにあんなに真剣に悩んでくれてたのかと思ったら……』

「……」

『……間島君、ちょっとカッコよすぎますよね……？　間島君の話聞いてたら、途中から私、なんか自然と笑顔になっちゃって、笑い堪えるのに必死で……えへへへへへへ……』

「言っておくけど風紀委員の2人はまだ目の前にいるからね」

『んぎゃあっ!?』

スマホの向こうから、悲鳴とともに何か派手な音が鳴り響いた。

驚きのあまり椅子から転げ落ちたらしい。

「というわけで、また後で水着買いに行く日程についてメッセージ送るから」

『ちょ、ちょっと待っ……ユウカちゃん！』

「ばいばーい」

サキサキが何か面倒臭いことを言い始めるよりも早く、私は通話を切る。

画面には「通話時間　47分」と表示されていた。

ここでようやく、風紀委員コンビがほっと胸をなでおろす。

「いやー……まさかあの高嶺(たかね)さんがねえ……」

「恋人できると変わるって言うけど……ここまで変わったのは2人目」

「まったくだ」

■天神岡(てんじんおか)クルミの章■

――そう、全てはただの偶然だったのです。


その日はたまたま私の愛読する『月刊カラテ』の入荷日だったため、私は書店にいて、そこでたまたま間島センパイを見つけて、たまたま後をつけて、たまたまハンバーガーを食べながら、たまたま彼らの話に聞き耳を立てて、たまたま怒りからドリンクのカップを握りつぶしてしまったりして……

――今はたまたま、レンタルＤＶＤショップの棚の陰から間島センパイを監視しています。

「はあ……」

間島センパイに気付かれてはいけないということも忘れて、私は物憂げな溜息(ためいき)を吐(つ)きました。

はぁぁ～～……やっぱ間島センパイの真剣な表情マジカッケェっす。

神神神、あの横顔は国の重要文化財に指定するべきでしょう、文化庁の皆さん聞いてますか？

というかなーんでＤＶＤ選んでるだけなのにカッコいいんでしょうね、あの人……

「…………一体どれを観れば、恋愛に詳しくなるんだ……」

あ、あぁ～～～！　センパイ独り言言ってる!?

知ってます！　知ってますよセンパイ！

普段映画なんてまったく見ないからどれ選んだらいいか分かんないんですよね!?　あとそこは「サスペンス・ホラー」の棚です！　そんなおちゃめなところも可愛いです！

でも……

「……っ」

間島センパイが、どうしてあんなに真剣な表情でＤＶＤを吟味しているのか思い出して、私は歯ぎしりをしました。

……間島センパイ、私は中学の頃のセンパイに憧れていたんです。

誰とも群れず、馴れ合わず、ただ一心に空手に打ち込むあの頃のセンパイの姿ときたら、まったくストイックの一言に尽きました。

例えるならば研ぎ澄まされた一振りの刀。

ただ「斬る」という目的のためだけに鍛えられ、洗練され、あらゆる無駄をそぎ落とした

……そういう美しさが、当時のセンパイにはありました。

私はそんなセンパイの輝きに魅了されていた、のに……。

「それもこれもあの女のせいで……！」

「――なにか用か？　天神岡クルミ」

「ぴっ⁉」

突然、間島センパイがこちらも見ずに私の名前を呼んだものだから、人生で1回もあげたことのないような悲鳴をあげてしまいました。

え、なになになに。

「ま、まっまま間島センパイ、いつから気付いて……？」

「書店にいたな、ミクドナルドにもいた。君は独特な気配をしているからすぐ分かる」

「ぴ」

ぜ、全部バレてますけども……

てか気配て！　忍者？　忍者なんすかセンパイ？　そういうところもカッケぇ……

けど今の状況は最悪です。

「初めは偶然その場に居合わせただけかと思ったが、3度続いたので、もしやおれに何か用件でもあるのかと思い至った次第だ」

「お……お久しぶりです」

「ああ久しぶり、中学以来だな、元気だったか？」

「げ、元気元気っすよ、あははは……」

「で？　用件は？」

「…………」

ま、まずい……全然誤魔化せない……

あともう一個まずいのが……

「……天神岡クルミ？　どこを見ている？」

――間島センパイの顔がよすぎて直視できないんすよ!!

なんて言えるはずもないので、明後日の方向を見ながら「いやぁ、あはは……」なんて曖昧な笑いで濁しました。

ああ……違います間島センパイ、そっち見ても何もないんです……。

ど、どうしようどうしようどうしよう。

話しかけられるなんて全然考えてもいなかったから、頭が真っ白で、でもこのままキョドってたらキモイって思われるかもしれないし、ストーカーと間違われてしまうかもしれませんし、ていうか私最後に間島センパイと会ったのアレだから気まずいし、一体どうしたら――

間島センパイが手に取ったＤＶＤのパッケージが目に留まりました。

「そっ、それですっ!!」

「それ？」

「そ、そのＤＶＤ！　ＤＶＤなんですよ！」

「……このＤＶＤがどうかしたか？」

あっ、あとは野となれ山となれっ!!

「間島センパイ!!　実は私、昔から映画好きで!!　けっこー恋愛映画にも詳しいんすよ!!」

「そうなのか？　ちなみにそれとなんの関係が」

「せっ、センパイが迷っているようなのでオススメを教えてあげようかと思いまして！　センパイこういうの詳しくないっすよね!?」

「……ほう」

さ、さすがに苦しすぎるかっ!?

間島センパイも怪しんで……、

「――それは助かる、いや正直パッケージを見ただけではまったく見当もつかなかったんだ」

なかった!!　純粋すぎますよ間島センパイ!!

そういうところもカッコいいっす……。

「――いや本当に助かったよ、ありがとう」

そう言ってセンパイは、汗をかいたグラスへ手を伸ばします。

センパイの注文はアイスティー。

……知ってますよセンパイ、コーヒーだとカフェインで気持ち悪くなっちゃうんすよね。

「い、いえ、お役に立てたならなによりです、はは……」

私も同じく、自分の分のアイスティーのグラスへ手を伸ばしました。

喉の渇きを潤すため……というよりはただ落ち着かないだけです。

──私と間島センパイは今、何故か町はずれの古い喫茶店にいました。

いわゆる昭和レトロ？　な店内に私たち以外のお客さんはいません。壁や天井からはほんのりとタバコの残り香がしました。

「ここは姉さ……叔母さんの友人がやっている店でな、小さい頃から通っていたんだ」

「そ、そうなんですね……へー……」

「しかしよかったのか？　ＤＶＤ選びに付き合ってくれたお礼が茶を一杯奢るだけだなんて」

「いっ、いいですいいです!?　むしろ十分すぎます！　お茶大好きなんでジブン！」

「奇遇だな、おれも茶が好きなんだ」

「はい奇遇ですよ奇遇!!　あはは……」

私は誤魔化すようにストローを咥えて、琥珀色の液体をちうちう吸います。

……私は今、ちゃんと笑えているのでしょうか？

心臓がばくんばくんと脈打っていました。頭の中は真っ白で、センパイとうまく目を合わせることができません。

表面上は平静を装っています──少なくとも私はそう思っています──が、内心はまるで

嵐のようでした。

――ヤぁぁっバぁぁ〜〜〜っ!!　私、憧れの間島センパイとお茶しちゃってるよぉ〜〜〜!?

え、なにこれ!?　夢!?　夢見てんのかな私!?

「……?　なあ君」

いや夢じゃない!!　ここに至る経緯全部覚えてるし!!

間島センパイが「恋愛の勉強になるような映画を観たい」って言うから、私がとりあえず王道の恋愛映画をいくつか薦めて、そしたら間島センパイからえらく感謝されて、何かお礼をしたいって言うから「じゃあ間島センパイとお茶したいです〜なんつって〜あはは」と冗談交じりに答えたら、まさかの実現!!!

「天神岡クルミ、ちょっと」

っていうか私、なにげに間島センパイと2人っきりで喋るの初めてですよね!?

うわ〜〜どうしよう!!　こんなことになるならもっとちゃんと前髪整えてくれば……。

「――天神岡クルミ、聞こえているか?」

「!?　っは、はいっ!?」

「……それ、もう中身ないぞ」

間島センパイに言われて見下ろすと、グラスは空になっていて、氷の隙間に突き立てられたストローが汚い音を立てていました。

「あっ……」

あまりの恥ずかしさから一気に顔面が熱くなります。

「あ、あの私……その……本当に喉渇いてて……」

「らしいな」

「……あとお茶も本当に好きで」

「さっきも聞いたな、すみませんアイスティーをもう1杯ください」

私いま、顔から火、出てませんか？


さて、さっきの失敗を踏まえて2杯目のアイスティーをゆっくり、ゆっっっっくり飲んでいた時のことです。

「しかし君が映画好きというのは初めて知ったな」

おもむろに間島センパイが言いました。

さすがに私も頭が冷えました、さっきよりは冷静に答えることができます。

「父が映画好きで、サブスク入ってるんすよ」

「さぶす……？」

あ、それは「サブスク」が何か分かっていない顔ですね。この令和の時代に。

「簡単に言えば動画の定額見放題サービスですよ」

「ああ！　今はそういったものがあるんだな」

「結構便利ですよ、ジブン部活辞めてからやることなかったんですけど、結構ヒマ潰せました」

「そうか、文化的でいいことだ。ところでもう空手はやってないのか？」

「……」

ぴくりと、肩が跳ねます。

私はあくまでこの感情を心の内だけに留めるよう、膝の上で拳を握りしめました。

「ちょ、ちょっと今、考え中です」

「そうか、君は強かったのに、勿体ないな」

「……どの口が言うんですか……」

「うん？　何か言ったか」

しまった、声に出ていた。

「い、いえいえなんでもありません！　センパイこそもう空手はやらないんですか？」

「今は風紀委員の仕事が忙しいからな、それに……そうでなくとももうやらないさ、あんなことをしてしまったわけだしな」

あんなこと。

2年前、間島センパイが空手部を辞めるきっかけになった、あの事件。

私はまるで昨日のことのように鮮明に思い出すことができます。

あの時に感じた、沸騰する泥のような激情も。

「……そういえば付き合ったらしいっすね、高嶺先輩と」

抑えるつもりだったのに、自然と言葉に力がこもってしまいます。今だけは間島センパイの鈍感さに、ただただ感謝するしかありませんでした。

「む……ちなみに誰から聞いたか教えてもらっても？」

「2年生の親切で噂好きな女子が教えてくれました」

「そ、そうか……坪根タクミにも言われたが、本当に学校中に広がっているのか……いや別に隠しているわけでもないが……しかし、なんだ」

「……」

本当に、どうしてしまったんですかセンパイ。

「少しばかり恥ずかしいな」

――私の知っているセンパイはそんな普通の人みたいな反応しませんよ？

「……変わりましたねセンパイ」

「？　そうか？」

「ええ」

それはもう、変わり果ててしまいましたとも。

やっぱり今目の前にいる間島センパイは、あの頃のセンパイと根本的に違います。

私の憧れた間島センパイに似た、別の何かになってしまいました。

でも、やっぱり望みは捨てきれず、

「……未練はないんですか?」

やめとけばいいのに、そんなことを聞いてしまいます。

そして一度口に出してしまうと、まるでダムが決壊するように、抑えていた言葉があふれてきました。

「中学時代の間島センパイがどれだけ頑張ってきたのか……私は知っています。誰よりも近くで、間島センパイを見てきた自信があるので」

毎朝誰よりも早く学校へ来て、一人で練習をして、
放課後は誰よりも遅くまで残って、一人で練習をして、
雨の日も風の日も、休みの日も、センパイは文句ひとつも言わず、遊ばず、休まず、たった一人で技を磨き続けました。

そしてセンパイは練習に夢中で気付かなかったかもしれませんが……、
私はいつもその後ろで、凡人なりに、必死にセンパイの背中に追いつこうとしていたのです。

「みんながセンパイに期待していました、なかにはセンパイに嫉妬する人もいましたが、それすら期待の裏返しです。私も期待して……同時に、そんなセンパイに憧れていました」

しかし間島センパイは2年前のあの日……あろうことか、今まで積み上げてきたものを全

て否定する選択をしました。

教師の前でクラスメイトを殴り倒して、自ら部活を辞めるという選択です。

そしてその選択は、聞くところによると、ある一人の女性のため――。

「……答えてくださいセンパイ」

私は今でも納得できないのです。

何かの間違いだったと、そう言ってほしいのです。

他でもない、あなた自身の口から。

「努力も期待も信念も――今までの全部をポッと出の女性のために捨てて、全く後悔はないんですか？」

中学時代はついぞ聞けずじまいだった、この問い。

これは受けて間島センパイは、迷うことなく、

「――ない、爪の先ほども」

たった一言、返す刀で淡々とそう答えました。

続く言葉も、重ねる言葉も、飾る言葉もありません。

短いながらも静かで、はっきりとした否定の言葉。

そしてそう答える彼は――間違いなく、私の知っている間島センパイでした。

「……そうですか」

私は耐え切れなくなって顔を伏せます。

……どうしてですか。

センパイは全部なくしたはずなのに、どうしてあの頃と同じ目をしているのですか。

変わり果ててくれていた方が、私も諦めがついたかもしれない。あるいは隙を見出だせたかもしれない。

それなのにセンパイは、どうしてそんなにも、まっすぐなままなのですか。

「………………」

間島センパイはあの頃と変わっていない。

そして同時に、あれだけ打ち込んでいた空手を辞めたことを、まったく後悔していない。

この２つが満たされる時、私は――ある最悪の可能性を直視しなくてはいけなくなります。

「……」

……そんなにも、

「…………」

そんなにも……！

「………………っ」

――そんなにもあの高嶺サキが好きなんですか間島センパイ!!!!!!

私は心の中だけで絶叫しました。

なんとか奥歯を噛み締めて堪えますが、今にも歯が砕け散りそうです……！

く、悔しすぎる……！　私の方がずっと前から間島センパイの魅力に気付いていたし、ずっと想い続けていたのに……！

「……天神岡クルミ？」

だいたい、あんな女のどこがいいんですかっ！

中学の頃はもっと卑屈で陰気な感じだったのに……高校デビューですよ高校デビュー！

趣味とかも合わなそう！

そりゃあちょっと顔とスタイルがよくて儚げな雰囲気があるのは認めますけど……認めません！　騙されてますって絶対に！

「どうした震えて……？　具合でも悪いのか？」

……騙されてる？　そうだ、騙されてますよ!!

いったいどんな手を使ったのかは知りませんが、あの女はきっと、純粋な間島センパイを誑かして手籠めに……!!

そうだ！　そうに違いない！　そうであってほしい！

これは確かめる必要がありますね！

「——時に間島センパイ」

「うお、急になんだ？」

「小耳に挟んだんですけど、センパイ週末に海に行くらしいっすね」

「うん？　ま、まあ、そういうことになってるが……」

「だったら——」

私はにっこり微笑んで言いました。

「——私も行きます。センパイのカノジョさんに会ってみたいです」

そして化けの皮剥いでやりますよ。

第四部　距離を縮めるにはまず共通点を作るべし

■間島(まじま)ケンゴの章■

郷土愛がないわけではないが、新潟県上村(かみむら)市ははっきり言って田舎だ。

コンビニは数軒、20時を過ぎればほとんどの店が灯りを消し、娯楽施設は皆無。

地元の高校生がたまの休日どこで遊ぶかというと——往復１５００円の電車賃を払い、新潟市内へ繰り出す。上村とはそういうところだ。

しかし、まったく見るものがないわけでもない。

上村市の中心からは少し外れた日本海沿線上にある温泉街も、その一つだ。

１００年以上の歴史ある温泉地で、近くには海水浴場もあり、夏休みともなれば市外からもそれなりに人が集まる。

上村高校から自転車で15分。

おれたち上高生(カミコー)が海水浴を楽しむといったら、ここが選ばれるのはもはや必然であった。

そして海水浴当日の朝——。

おれは1人、温泉街の土産物屋で眉間にシワを寄せていた。

「…………どちらがいいだろうか」

独りごちるおれの手の内には、2種のキーホルダーが並べられている。

上村市のマスコットキャラクター・サケ坊のキーホルダーだ。

上村特産の鮭をモチーフにした、いわゆる「ゆるキャラ」の先駆けのような存在だが……おれは妙にこいつが気に入っている。

見よ、この明後日の方向を向いた目を。

正面から見つめてこないところに、そこはかとない奥ゆかしさを感じる。

そしてこの何か言いたげなアンニュイな表情が「サケ坊」と「叫ぼう」をかけているのに気付いた時、おれは思わず手を打ったものだ。

まあとにかく、それぐらい気に入っているキャラクターなのだが……。

「……選べん」

通常バージョンの「サケ坊」と温泉街限定の「サケ坊　浴衣バージョン」……もうかれこれ30分はこうして悩んでいる。

初め不審そうに様子を窺っていた土産物屋の老婦人も、途中から店の奥に引っ込んでしまった。

なんと情けない……！　自分がこんなにも優柔不断な人間だったとは！

この前、喫茶店であれだけの醜態を晒したというのに、２択まで絞られてもこれなのか！

早く選ばないと彼女が来てしまうぞ——

「——あれ？　間島君？」

後ろから聞き覚えのある声で呼ばれて、おれはびくりと肩を跳ねさせた。

——バカな！　早すぎる！　集合時間はまだのはずなのによりにもよって——。

「まだ1時間前ですけど……そこで何してるんですか？」

「た、高嶺サキ……」

高嶺サキは、シンプルな白いワンピースを潮風になびかせながら、小首を傾げていた。

恋人にこう言うのもなんだが、今だけは最も会いたくない人物であった。

「き……君こそどうしたんだ？　こんなに早くから……まだ誰も来ていないぞ」

「間島君が来てますよ」

そう言って高嶺サキが悪戯っぽくはにかむ。

白いワンピースと相まってか、今日の彼女はなんだかいつも以上に可愛らしく見えた。

「私、前に間島君とのデートですっごく遅刻しちゃったことがあるじゃないですか？　あれがなんというかトラウマ？　になってて……今日は最初から早めに来ることに決めてたんです」

「そ、そうか……すごいな君は」

なんと高嶺サキらしい合理的な判断だ……！

こんなことなら集合時間の2時間前に来ておくべきだった！　などと後悔しても後の祭り。

「まあみんなと海に行けるのが楽しみでいてもたってもいられなかった、というのもありますけどね、えへへ……それで間島君はどうしてこんな早くから？」

「それは……」

──嘘を吐け間島ケンゴ。作り話だ。

頭の中でもう一人のおれが進言してくる。

確かにこの状況ではそれがベスト、さもなくば水の泡だ。

これは高嶺サキを騙すわけではない、いわんや騙すかたちになったとしてもそこに悪意はないのだからおれが気に病む必要などは……！

「ま、間島君？　なんか鳥肌立ってますけど……？」

──ダメだ、やっぱり恋人に嘘は吐けない。

「……君へのプレゼントを選んでいた」

「えっ？」

「ふつう、カップルというのは何か形に残るものを贈ったりするのだろう？　それもサプライズというかたちが好ましいと聞いた。だから……君が来る前に、買っておこうと思って」

「……間島君が、サプライズを」

「ぐっ」

言ってしまった……包み隠さず……。

正直に告白したことで鳥肌は引っ込んだが、今度は凄まじい自己嫌悪が押し寄せてきた。

どうしておれというやつは隠し事ひとつマトモにできないんだ！

高嶺サキだってきっと、そんなおれに失望して……！

「ふ、ふーん……そ、それでそんな難しい顔をして……サプライズをね……」

「……？」

失望して……いる風には見えないな……？

髪の毛先を指でいじったり、視線を逸らしたりと、なんだかそわそわしている。

サプライズは失敗したはずなのに……むしろ喜んでいる風に見えるのは、気のせいだろうか？

高嶺サキは、取り繕うようにこほんと咳払いをした。

「ちなみに、間島君はいったいどこからその知識を？」

「映像資料だ」

「……映像資料？」

昨晩観た恋愛映画、とも言う。

2人の男が1人の女性を取り合うという非常に難解な内容だったが……

「と、ともかく、その知識は間違っています」

「そうなのか!?」

あまりにも驚きすぎて卒倒するかと思った。

あの102分はいったいなんだったんだ。

「間違っているというか、偏っています。女子はみんながみんなサプライズが好きなわけではないですよ。気持ちは……もちろん、嬉しいですけどね」

「道理で……おれも薄々おかしいと思っていたんだ」

映画の中で、男が「サプライズ」と称してプレゼントを贈ったのち、更にもう一度「サプライズ」と称していきなり主人公に唇を重ねていた。

万が一にも実行に移す前に誤りだと知れてほっとしたぞ、おれは。

「プレゼントは一緒に相談しながら選びたいという女子も多いですよ、私もそうです」

「それは正直……助かる。本人が必要とするものを贈るに越したことはないからな。最終的に君に決めてもらうのが一番だ」

「そういうことです！　ちなみになにで迷っていたんですか？」

「この2つだ」

そう言って、おれは高嶺サキに「サケ坊」と「浴衣サケ坊」のキーホルダーを見せた。

……気のせいだろうか？

一瞬にして高嶺サキの笑顔がこわばった気がする。

「…………………………ちなみに聞きたいんですけど、なんですかこれ？」

「上村市のマスコットキャラクター・サケ坊のキーホルダーだ。通常のものと温泉街限定浴衣バージョンの2種類ある」

「マスコッ……これが……？　私たちが住む上村市の……？」

「ああ、残念ながらあまり認知されていないが……何故だろうな？　非常に可愛らしいのに」

「可愛い……ですか……そうですか……ちなみにどうして、その……お腹から断面が見えているんでしょう？」

「おそらく上村市特産の塩引き鮭をイメージしているんだろう、素晴らしい造形だ。ちなみにこのもの言いたげな顔は『サケ坊』は『叫ぼう』とかけている。面白いだろう？」

「ああ──なるほどー……私はてっきり開腹の痛みを苦悶の表情で堪えているのかと……」

「ははははは、君は想像力豊かだな」

「……あはは」

「それで、どちらが欲しい？」

「…………」

　黙り込んでしまった。

　しかし高嶺サキの気持ちも分かる。無難にデフォルトのサケ坊にするか、ここだけの限定版浴衣サケ坊にするべきか……。

「難しいよな」

「……ええ、本当に……」

「おれ個人としては限定の浴衣サケ坊に惹かれるが……しかし君にとっては初めてのサケ坊だ、スタンダードなサケ坊を飛び越えていきなり限定版というのもいかがなものかと思っていたら、いつまで経っても決まらなくてな」

「……間島君は、本当にこのキャラクターが好きなんですね」

「ああ、きっかけは忘れたが、それこそ小さい頃からずっと」

「……どうしてそれを、私にプレゼントしようと思ったんですか？」

「どうして……？」

高嶺サキに問われて、おれは答えに詰まってしまった。

言われてみれば……確かにどうしてだろう？

冷静に考えて、贈り物をするならば他にもっと適したものがあるはずだ。軽く周りを見ただけでも、いかにも女子が好きそうな可愛らしい小物類がずらりと並んでいる。

そんな中でも、おれがあえてサケ坊を選んだ理由……。

おれはしばらく考えてみたが、しかし、

「高嶺サキ、おれは今から非常に自分勝手な……我が儘なことを言うかもしれない」

「は、はい、なんでしょう？」

それでも、これ以外の答えが思い浮かばなかった。

「好きな人には、自分の好きなものを、好きになってほしいと考えたのかもしれないな」

「――」

「……いや、言ってから思ったが、ずいぶんと手前勝手な話だ。自分の好みを押し付けるなど……悪かった、君へのプレゼントは別のものにしよう……」

「――これがいいです」

「えっ？」

「私、これがいいです」

「しかし君、あまり乗り気じゃなかったようだし、他に欲しいモノがあるんじゃ」

「これじゃなきゃ、イヤです」

高嶺（たかね）サキの凄（すさ）まじい眼力に、おれは思わず気圧されてしまう。

い、イヤとまできたか……というかさっきまでと食いつき具合がまるで違うな……？

「そ、そうか、じゃあどちらのバージョンにするか改めて……」

「私、そっちがいいです」

そう言って、彼女は「通常バージョンのサケ坊」を指した。

さすが高嶺サキ、まさしく即断即決だ。この決断の速さはおれも見習わないといけない。

「分かった、ではこっちは戻しておこう」

おれは「浴衣サケ坊」を元あった棚へ戻そうとしたが……すんでのところで高嶺サキに取り上げられた。

「？　なにを」

「――そしてこっちは、私が間島君にプレゼントします」

「なっ」

予想していなかった高嶺サキの提案に、おれはしばらく固まってしまった。

彼女は、じとーっとこちらを睨みつけてくる。

「なんですか？　私にあれだけ力説したのに自分は欲しくないんですか？」

「いやっ……欲しくないわけではないのだが、しかしそれではプレゼントの意味が」

「ありますよ、ちゃんと。お互いに贈り合うのもプレゼントの醍醐味でしょう？」

「そう、なのかもしれんが」

「それに――」

高嶺サキはおれの言葉を遮ると、自らの浴衣サケ坊キーホルダーを、おれの持っている通常サケ坊キーホルダーと並べて、はにかむ。

「お揃いになりますね」

「……そうなるな」

さすがのおれでも、ここまで言われてまだ渋るような野暮天ではなかった。

——というわけでサケ坊キーホルダー、購入。

おれは高嶺(たかね)サキへ通常サケ坊キーホルダーを、高嶺サキはおれに浴衣サケ坊キーホルダーを。

互いに贈り合うことで、ようやく土産物屋から出ることが叶(かな)った。

照りつける日差しは、なんだかひどく久しぶりに見たような気がして、目がチカチカする。

「間島(まじま)君、プレゼントありがとうございます」

「こちらこそありがとう」

「このキーホルダー、間島君からのプレゼントだと思うと少しずつ可愛(かわい)く見えてきました」

「……うん？　それは最初は可愛く見えてなかったと……」

「間違えました、もっと可愛く見えてきました」

「そうか、そういうものか……」

おれは改めて手の内の浴衣サケ坊キーホルダーを、じっと見る。

こういったものが自分の手の内にあるのは……なんだか不思議な感じがした。

「……どうかしましたか？」

「いや、それが……初めてなんだ」

「初めて？」

「こういったキーホルダーというか、いい意味で実用性に欠ける……装飾品のたぐいを人からもらうのは……」

「あはは、そんな大袈裟ですよ！　初めてってことはないでしょう」

「……いや」

高嶺サキは冗談と思っていたようだが、本当に初めてだった。

人からこの手のプレゼントをもらったことはないし、むろん自分で買ったこともない。

あれだけ熱く語っておきながら、サケ坊のグッズを手にしたのも、実はこれが初めてだ。

「なんと言っていいか分からないが……ともかく大事にしようと思う」

「ええ、私も大事にしますすよ」

高嶺サキが微笑みかけてくる。

その笑顔があまりにも眩しくて、おれはつい目を逸らしてしまった。

なるほど、なんとなく分かってきた。

「……これがそうなのか」

「？」

「あ、いや、なんでもない」

なんとなく、なんとなくだが。

皆が恋人を作りたがる理由が分かったような気がした……なんて、恥ずかしくて面と向かって言える気がしない。

――と、その時。

キィィィイッ！　と耳をつんざくようなすさまじいブレーキ音が温泉街に鳴り響き、おれと高嶺サキの前に一台のママチャリが滑り込んできた。

ドリフトで、白煙を巻き上げながら。

自転車に跨（またが）っていたのは……

「――あれ！　間島（まじま）センパイじゃないですか!!　奇遇ですねっ!?」

「天神岡（てんじんおか）クルミ……？」

ぜえぜえと息を切らした彼女が、なんだかやけに血走った眼でこちらを見ていた。

あまりに突然のことだったため、庇（かば）う形で前へ出たおれの背後で高嶺サキがリスみたく固まってしまっている。

とにかく知り合いだったことが分かって、おれは胸をなでおろした。

「一瞬なにかの事故かと思ったぞ……」

「すみませんっ!!　なんかいい感じの雰囲気だったのでムカついてついっ!!」

「……ん？」

「間違えました！　間島センパイの姿が見えたのでつい！」

今、言い直す前に全く別のことを言っていなかったか？

「ともかく次からは安全運転を心がけてくれ」

「はい！　以後気をつけます！」

「君、昔から返事だけはいいな……」

後ろからちょいちょいと控えめに服の袖を引っ張られた。高嶺（たかね）サキだ。

「どうした？」

「あの……間島（まじま）君？　こちらの方は……？」

「ああそうか、君は知らないんだったか、彼女は中学時代の後輩の」

「——1年の天神岡（てんじんおか）クルミです!!　間島センパイとは中学の頃**ずっと同じ部活**でしたっ!!　**ウチのセンパイ**がお世話になってます!!」

天神岡クルミの爆撃のような発声に、鼓膜がビリビリと震（ふる）えた。

……いったい今日の彼女はどうしたんだ？　ある種の迫力さえ感じるんだが。

「同じ部活の天神岡さ……あっ!?　もしかしてあの、電話で聞いた……!?」

「高嶺サキ、知っているのか？」

「い、いえいえいえいえっ!?　知りません!!　初対面ですっ、よろしくお願いします！」

「よろしくお願いしますねっ!!　先輩!!」

満面の笑みで握手を求める天神岡クルミ、おずおずとそれに応える高嶺サキ。

先輩と後輩の喜ばしい交流のはずなのに、どうしてこんなに嘘（うそ）っぽく見える？

その理由が分かるのに、さほど時間はかからなかった。

……天神岡クルミの目が笑っていない。

「とにかく、彼女が例の『海水浴に是非参加させてほしいと頼み込んできた後輩の女子』だ」

「あ、ああー……天神岡さんがその後輩さんだったんですね」

高嶺サキにはもちろんのこと、天神岡クルミの参加の是非について事前に皆へMINEで確認をとっていた……が、そうか、確かに名前は伝えていなかったな。

「本日は僭越ながら諸先輩方の集まりに参加させていただき、まったく光栄の至りです！　是非とも若輩である私めに上級生の遊びをご指導ご鞭撻のほどよろしくお願いいたします！」

「え、ええ……」

「天神岡クルミ、なにか高嶺サキとの距離が異様に近いぞ、……あと言葉遣いもヘンだ」

「おおっとこれは失礼いたしました！　あまりに綺麗な人だったのでつい距離が近くなってしまいました。あははははははははは」

目が笑ってないぞ。

本当にどうしたんだ、天神岡クルミ。

「あ、あはは、ど、どうも2年の高嶺サキです。よろしくお願いします。ええと、ちょっと恥ずかしいんですけど……間島君とお付き合いさせていただいてます」

「フグッ……！」

……天神岡クルミ？

「でで、でもまだ付き合い始めて1か月も経ってないんですよねっ？　それってなんというか、まだ半分付き合ってないみたいな（?・）」

「いや普通に付き合っているが」

「フグッ……!?」

……もしかして緊張しているのか？　天神岡クルミ？

笑顔がこわばりすぎて、なんだか怖いぞ。

すると……天神岡クルミはふいに高嶺サキの手の内にあるサケ坊のキーホルダーを見つけて、ぎらりと目を輝かせた。

「あれ!?　なんですかその気持ち悪いキーホルダー！　もしかしてあれっすか!?　上村市の超不人気マスコットキャラクター・サケ坊ですか!?　いやあ！　上村市長ですらなかったことにしてる激ヤバデザインなのにあえてそれをチョイスするなんて、先輩ってセンス悪――」

「ああ、それはおれが彼女に贈ったものだ」

「――いなんて言うヤツがいたら私がぶん殴ってやりますよ！　さすが間島センパイ！　まさしくセンスの塊！　センスオブワンダー！　よく見るととても愛嬌のある可愛らしいキャラクターですよね！」

「そんなに褒めてくれてありがたいが、市長をぶん殴るのはよした方がいいと思うぞ」

「センパイのためなら私は市長だろうが首相だろうがぶん殴りますよ！　あっはっはっは……」

……おかしいな。

中学の頃の彼女は、こんな危険人物ではなかったと思うんだが……。

「……間島君、間島君」

再び、ちょいちょいと袖を引っ張られる。

「どうした高嶺サキ？」

「……天神岡さんって面白いですね、私、もう好きです」

そう言って耳打ちをしてくる高嶺サキの目は、まるで少女のようにキラキラと輝いていた。

……まあ、高嶺サキが気に入ってくれたようなら、紹介したかいはあったかな。

さて、残りのメンバーが揃(そろ)ったのは、それからすぐ後のことであった。


「ふふふ……やっぱり夏といえばビーチだよね、青い海、白い空、青い雲……ん？」

「キモッ!!　タツキには何が見えてんだよ！　言い間違いが馬鹿すぎるだろ」

「あ？　やんのか荒川(あらかわ)」

「お、いいぞ、かかってこいよ」

「サンドアンカーでポールを安定させたのちパラソルを取り付けて……と」

海パン一丁でじゃれ合うアホ2人組は無視して、砂浜に固定したポールへパラソルを取り付ける。ええと、次にこれを開いて、ビニールシートを敷けば……

「よし、できた」

おれたちの拠点の完成だ。

初めてだったが、説明書通りに進めて万事問題なし、女子たちが着替えを終えて合流する前にしっかり終わらせることができた。

「おぉ～！　すごい！　いかにも海水浴って感じ！」

「悪いなーケンゴ一人にやらせちゃって」

さて、アホ2人組こと荒川リクと岩沢タツキも戻ってきた。

……どうでもいいが岩沢、そのサングラス似合ってないぞ。

「これぐらい一人で十分だ。それより、おれは荷物番をしているから近くの自販機で熱中症対策に飲み物を何本か買って来てくれると……どうした固まって」

「いやー……えー……？　ウッソォ……？」

「なんだ？　何を見ている？」

「……ケンゴ、部活やってねーのになんでそんな腹筋バキバキなの？」

「腹筋？　普通に毎日3食飯を食って適度に運動してるだけだ。急かすようで悪いが女子たちが来る前に飲み物を買ってきてくれ」

「おっけー、ほらいくぞタツキ」

「ぼくもせっかくナンパするならあれぐらい身体仕上げてくれればよかったなぁー」

「それよりあと10センチ身長伸ばした方がいい」

「あ？　やんのか荒川コラ……」

お互いに脇腹を小突きながら、小さくなっていく彼らの背中。海水浴に来た近所の小学生たちが彼らを指して笑っていた。

……時々、あいつらのアホさ加減が不安になる。

おれの数少ない友人だ。願わくば高校は一緒に卒業したいものだが……。

「──あっ、いたいた間島君だァ、おーい」

なんて言っているうちに、入れ違いで女子たちが来てしまったらしい。後ろから瀬波ユウカの声が聞こえた。

おれは声がした方へ振り返って、

「早かったな君たち、すまん、ついさっき荒川と岩沢が飲み物を買いに行ってしまったので、彼らが帰ってくるまで待って……」

そして固まった。

何故か？　目の前に広がる光景があまりに異様だったからだ。

「……？」

おれと対面しているのは水着の瀬波ユウカだ、ここまではいい。

女子の水着については詳しくないが、とにかく学校指定のものとは違う上下セパレートタイプの水着だ。布地の明るい色味が小麦色の肌に映えており、なんというか夏っぽい。

「水着、似合っているな」

「ありがとさん、てか間島君腹筋やば、風紀委員なのに」

「別に普通だが、ところでそれはなんの遊びだ？」

「……えーと」

瀬波ユウカが困ったように頬を掻いた。

異様なのは瀬波ユウカではなく、その背後だ。

彼女の小さな背中の陰に、２人の女性が小さくなって身を隠している。

いや、ほとんど隠し切れていないし、一人が高嶺サキというのも分かるが……。

「高嶺サキ……だよな？　どうしてそんなところに隠れている？」

「……っ」

高嶺サキはびくりと肩を跳ねさせたが、おれの質問には答えない。

代わりに……何故か瀬波ユウカへぼそぼそと耳打ちをする。

「高嶺サキはなんと？」

「……間島君に水着を見せるのが恥ずかしいんです、だってさ」

何故おれに直接言わない？

それとそこはかとないデジャヴを感じる。前にもあったよな、こんなこと。

「おれにファッションのことは分からない、しかし君ならどんな水着だってきっと似合うはずだ」

「えーと……水着はユウカちゃんと一緒に選んだものなので自信がないわけではありませんが……え、なに？　でもあの時はちょっとテンション上がっちゃってて、私にしては大胆な水着を選んでしまった感が否めなく……自分で言いなよ！」

「？　では何が恥ずかしいんだ？」

「…………間島君に肌を見せるのが恥ずかしいんです、だって」

「——それこそ恥じることはない！　自信を持ってくれ」

「それ私が言われてる気分になるからやめろっての!!　後ろにいる彼女に言え!!」

瀬波ユウカが顔を真っ赤にして声を荒げる。それもそうだ。

おれは瀬波ユウカの後ろにいる高嶺サキへ語りかけようと、少しだけ身を乗り出した。

器用なもので、彼女はおれの動きに合わせて対角上に回り込む。

「高嶺サキ、これは……答えなくていいから聞いてほしいんだ」

「……」

「肌を見せるのが恥ずかしいという気持ちは……正直おれにはよく分からない。だから君の悩みに共感できるとは言わないが……しかし、おれはその」

恥ずかしさから少しだけ言いよどんでしまう。

……いや、高嶺サキだって恥ずかしいのだ。おれの恥ずかしさぐらいなんだ。

「う、海にいる間、君の顔が見えないのは、その……少し、寂しい」

「っ」

貝のように縮こまっていた高嶺サキに、初めて反応があった。

「……」

丸まった彼女の背中が上下し、深い呼吸の音が聞こえる。

ぎこちないながらも、彼女の身体の緊張がほぐれていくのが見て取れた。

「……なんのためにユウカちゃんと水着を選びに行ったんですか高嶺サキ…………海で水着は正装…………水着は見せるためのもの見せるためのもの……ひと夏の思い出……」

自らに言い聞かせるようにぶつぶつと繰り返しながら、ゆっくり、ゆっくりと、高嶺サキの硬い貝殻が開きつつあった――。

「……！」

小刻みに震える彼女の背中を見つめていたら、おれは思わず拳を握りしめていた。手のひらの内側にはじっとりと汗が滲んでいた。

感動的な瞬間だった。

「頼むから私の背中以外の場所でやってくれェ」とは瀬波ユウカの言。

そして、文字通り手に汗握る時間が過ぎ去って――、

「……っ！」

——ようやく、貝が開いた。

高嶺サキが、とうとう瀬波ユウカの小さな背中から脱したのだ。

まだ恥ずかしさが残っているらしく、両目はぎゅっとつぶったままだったが、十分だった。

「ま……間島君、こ、これが私の水着です……！」

さて——高嶺サキの水着は、すごかった。

全く期待していなかったといえばウソになるが、しかし彼女のソレは、そんなおれのちっぽけな期待など遥かに上回るものだったと言わざるを得ない。

貝のたとえを引きずるわけではないが——『ヴィーナスの誕生』を幻視したほどだ。

「——」

おれはしばらくの間、彼女の水着に目と、そして言葉を奪われた。

体操着姿の時もそうだったが、今回は次元が違う。

上下セパレートの白い水着で、ひらひらがついていて——ダメだ、今だけはファッションに疎い自分を恨む。

おれの貧弱な語彙と知識で、その神々しさを正確に表現する術がない。

とにかく言いたいのは、この水着選びを手伝った瀬波ユウカが間違いなく天才であるということだ。

「——」

かつてクラスの男子たちが、教室に持ち込んだ漫画雑誌の水着グラビアか何かで盛り上がっていたため、指導したことがあったのを思い出す。

そういえば姉さんの元カレが置いていった雑誌の表紙も水着の女性だったか。

何故彼らは年中水着ばかり追いかけているのだろう？　季節感の概念がないのだろうか？

……あの時はそう思ったが、今なら少しだけ、彼らの気持ちが分かる気がする。

陳腐な表現だが――水着を着た彼女は、光り輝いて見えた。

潮風になびく髪も、透明感のある肌も、つるりとした小さな肩も、女性的な曲線も、その全てが光を放っているように見える。

さながら砂浜に舞い降りた天使のようだ。

「どっ……どうですかっ、間島君……？」

「はっ」

いかん、我を忘れていた。

高嶺サキが両目をつぶったまま、おれの言葉を待っている。

「――すまん見惚れていた！　とても似合っている！　ええと……すごく綺麗だ！」

「ほ、本当ですか……!?」

高嶺サキの緊張にこわばった表情が、僅かに和らいだ。

固く閉じられた瞼も、ゆっくりと開いていく。

「すごく……すごく恥ずかしかったんですけど、勇気を出した甲斐がありました……！　えへへ、まだ恥ずかしいんですけどね、でも、間島君に褒められて……」

そして高嶺サキは、言いながらおれを見て、

「嬉し……ひぎゃっ⁉」

「え」

何故か悲鳴をあげ、目にも留まらぬ速さで再び瀬波ユウカの背後に隠れてしまった。

天使から一転、さながらフナムシのようであった。

「またァ……？」

「お、おれは今何かしたか⁉」

貝に戻った高嶺サキはおれの質問に答えず、ぼそぼそと瀬波ユウカに耳打ちする。

瀬波ユウカが溜息を吐いた。

「高嶺サキはなんと⁉」

「………………間島君の腹筋すごくてびっくりしたんだって」

「腹筋に……？」

水着を見せるのを恥ずかしがるよりも、遥かにわけが分からない理由だった。

「え、ええと……すまん、よく分からんが、腹筋は隠せないんだ……だからあの、ゆっくりでいいから慣れてくれると嬉しい……」

「……っ」

紅葉みたく耳を真っ赤にした高嶺サキが瀬波ユウカの背後でこくこくと何度も頷いていた。

そうか……おれの腹筋は高嶺サキを怯えさせてしまうのか……

……………もう明日から日課の運動をやめてしまおうか。

「……そ、それはともかく、もう一人後ろに隠れているのは？」

「あ、忘れてた」

瀬波ユウカはどうやら本当に忘れていたらしい、背後で小さくなった彼女に向かって言う。

「キーコちゃん、今ちょうど岩沢君いないっぽいよ」

「ホントっ!?」

まるで手品みたく、瀬波ユウカの背後からぴょんっと彼女が姿を現した。

長い黒髪に猫背がちな長身、そして色白な肌に黒いワンピースタイプの水着が映える彼女は

――2年A組の平林キーコだ。

事前に知らされていた参加者の一人である。

なんでも高嶺サキと瀬波ユウカの共通の友人らしいが……こうして面と向かって話すのは初めてだ。

「岩沢？　なんだか知らんが岩沢に用があるなら今から電話で呼び戻そうか？」

「ギャッ!?　やめて朴念仁！」

「朴念仁(ぼくねんじん)!?」

ほぼ初対面の女子から、初めて聞く悪口を言われてしまった。

「す、すまん……何が悪かったのかは分からないが謝る……」

「あー違う違う、今のは別に間島(まじま)君悪くないから、この子岩沢(いわさわ)君のことが好きなの」

「なに？　そうなのか」

「ギャッ!?　なんでバラすのツッコミ女！」

「ツッコミ女!?　私だって別に好きでやってるわけじゃねェんだよボケェっ！」

「痛い痛い痛い！　折れる折れる折れる！」

「おお、コブラツイストだ」

閑話休題(かんわきゅうだい)。

「それで、平林(ひらばやし)キーコは岩沢に好意を抱いていると？」

本人は砂浜に横たわってぴくりとも動かないので、大技を披露し、隣でぜえぜえと息を荒くする瀬波(せなみ)ユウカに尋ねる。

「そ、そうだよ……ずっと片想いなんだってさ……」

「それは是非とも応援したいな、岩沢はアホだし口は軽いが、まあそれほど悪いヤツではない……アホだが。告白はいつだ？」

「平林大先生はたいへん奥ゆかしい方であらせられるので……100年後かも」

「長期戦だな」

「……ちなみにだけど、私がなんでこれを間島君に教えたか分かるよね？」

「無論だ、さっそく本人が戻ってきたら教えてやろう」

「ち・が・う……っ!!　アンタがそういう余計なことしたりしないよう前もって教えておいたんだよ私は……!!　あとそのくだり、サキサキがアンタにやってひどい目にあったの忘れたのか……!!」

「なんだか今日の君は少し怖いな」

「とにかく！　なんのために海に来たのか忘れないように！　人の応援してる場合じゃないことぐらい分かるよね？」

……そうだ。あやうく本来の目的を忘れるところだった。

瀬波ユウカが未だ背中に隠れた高嶺サキをちらと見て、こちらへ目配せをしてくる。

おれは今日こそカレシとして高嶺サキをエスコートし、楽しんでもらうのだ。

人の心配ばかりして本来の目的がおろそかになるようでは本末転倒だ。今日付き合ってくれた皆にもそれこそ申し訳が立たない。

「それにキーコちゃんと岩沢君は今日初めて会うの、まずは顔合わせ、話はそれからでしょ」

「分かった。おれは自分のことに集中するよ」

「そういうこと」

「というわけでお互い頑張ろうな、平林キーコ」

「……」

「なあ、彼女すでに満身創痍じゃないか？」

「ちっ、これだからインドア派は。ちょっと私キーコちゃんのこと起こしてくるから……いい加減出てこいサキサキ！」

「ひゃあああっ!?」

いよいよ痺れを切らした瀬波ユウカが、背後に隠れた高嶺サキを引きずり出して、おれの前に立たせた。天使の再臨である。

ただし今度の彼女は、茹で蛸みたく真っ赤になった顔面を両手で覆い隠しており。

そして指の隙間から飛んでくる視線は、完全におれの腹部に固定されているのだった。

「……そんなに、おれの腹筋は変か？」

おれは不安になって自らの腹筋にぺたぺた触れてみるが、残念ながら何も分からなかった。

確かに、他の海水浴客たちでさえも、通り過ぎざまにおれの腹部を見ているような気が……

「へ、へへへ、変ってワケじゃないんですけどっ……!!　すみません少しずつ慣らします!!」

「……そうか、無理強いはよくないよな……自分のペースで頑張ってくれ」

もういっそ今日はずっと浮き輪でもしておこうか……。

…………うん？　そういえば……。

「天神岡クルミはどこだ？」

「──呼びましたかセンパイっっ!!!!」

海水浴客全員が振り返るような爆撃発声に、おれはびくりと肩を震わせた。

見ると──あんな遠くにいておれの声が聞こえたのか？──遥か彼方から、砂浜を駆けてくる彼女の姿が見えた。すさまじいスピードと、すさまじく綺麗なフォームに水着の形状も相まって、陸上選手かと思った。

「あっ!? まーた2人でいい雰囲気になってますね!? 許せません！ そんなあざとい水着で間島センパイの心を掴めるはずがうわセンパイの腹筋すげえええええええええあぶっ!?!?!?」

猛スピードで駆けてきた天神岡クルミが、なんだかわけのわからないことを絶叫しながら、製作者不明の砂の城に足を引っかけ、派手に転倒。顔から砂浜に突っ込んだ。

……どうして彼女はこんなにも賑やかなんだろう。

「何をやっているんだ君は」

「ずびばぜんセンパイ」

「……て、天神岡さん、あの私たち友だちになりませんか……？」

砂に塗れて情けない姿を晒す天神岡クルミ、呆れながら手を貸すおれ、何故か目をキラキラさせている高嶺サキ。

海水浴に来た近所の小学生たちが、こちらを見て笑っていた。

さて、荒川と岩沢もお使いから帰ってきて、ようやく全員がパラソル下のビニールシートに集合した。

男子3人・女子4人、計7人で結構な大所帯である。

「初めての者もいる、まずは簡単な自己紹介から始めようか」

「合コンみたいでテンション上がんね！」とは荒川の言。

「時計回りで順番に学年・クラス・氏名・出身中学を答えるように」

「合コンみたいじゃない！」とは荒川の言。

「というかここにいるのは平林さん以外は全員東中出身だよ間島クン」

「それもそうか、では出身中学の代わりに何か一言添えるように――2年B組の間島ケンゴだ、僭越ながら風紀委員長をやらせてもらっている。夏休みとはいえ上高生としての自覚をもって節度ある行動を心がけるように」

「硬っ!?　まあ別にいいけどさ……2年C組の岩沢タツキでーす、風紀委員とサッカー部やってまーす。えーと、カノジョ募集中でーす！」

「っ!?」

平林キーコが露骨に反応して、瀬波ユウカに押さえつけられていた。

「同じくC組の荒川リク！　風紀委員とバスケやっててカノジョも募集中ですっ！　好きになった人がタイプです！」

「ふーん、私はA組の瀬波ユウカでソフトテニス部、よろしく」

できれば、もう少し荒川の話に興味を持ってあげてほしい。

「そして隣の子が私のクラスメイトの……」

未だ岩沢タツキに見惚れている平林キーコの脇腹を、瀬波ユウカが肘で小突いた。

「あ、ひゃっ、同じくA組の平林キーコでしゅうっ!?　え、ええーと、部活は入ってなくて……その、カレシ募集中です!?」

アホ2人組から「おぉ～」と声があがった。

意外に積極的だな平林キーコ、今にも爆発しそうなぐらい顔が真っ赤だが……

大丈夫、感触は悪くないはずだ、頑張れ。

――そうだ、彼女には恩があるし、おれから助け舟を出そう。

「平林キーコはおれも初対面なのだが――どうやら瀬波ユウカと一緒に、高嶺サキの恋愛相談に乗ってくれていたらしい。あの件に関しては本当に感謝している、改めて礼を言おう」

「へぇ～」

男2人が感嘆の声をあげ、高嶺サキは無言で何度も頷いていた。

当の本人は「は、はぇ？」と素っ頓狂な声をあげていたが。

「ボクらは間島君にアドバイスしてたわけだから、一緒だね」

「え、あ、そ、そう……かも？」

岩沢が平林キーコへ人懐っこい笑みを向け、平林キーコもこれに答える。

「……」

瀬波ユウカがおれに目配せして深く頷いた。「珍しくナイスフォローだ風紀オバケ」と言っている気がした。

まだだ、助け船は2艘ある。

「素晴らしく的確なアドバイスで高嶺サキを導き、最後にその背中を押したのも彼女なのだぞうだ。それだけでない、彼女の恋愛論は恋愛に迷える多くの若人たちを救い……」

「――え？　平林さんそんなに恋愛経験豊富なの？」

ぴりっ、と。

岩沢のなにげない一言で、ある種浮き足立った南国的空気が一瞬で引き締まった。

質問された平林キーコが凍り付いている。瀬波ユウカがものすごい目でおれを見ている。

……おれはまた何かやってしまったか？

「すごいなー、ボクはそんなに経験豊富な方じゃないから気後れしちゃうよ、ははは」

「え、いやっ、ちがっ、違うからね!?　全然経験豊富じゃないよ全然っ!?」

「またまたぁ、謙遜だな～」

「ほ、本当だって！　だって私男の子と手繋いだことだってないし――」

「えっ？」

「あっ」

たちまち、かあああっと平林キーコの顔が赤くなる。

「……えーと、それで他人の恋愛相談に？」

「い、いや違くて！　違うくないんだけど、でもデタラメ教えたわけじゃないからっ！　経験より理論派っていうか、勉強した知識を受け売りでっ！」

「へえー、ボクよく知らないんだけど、そういうのってどこで勉強するの？」

「そっ!?　それは……」

平林キーコが言葉に詰まる。

……これはおれでも分かる、まずい。

元はと言えばおれの出した助け舟が原因、おれがフォローしなくては――

「――いっ、イマモテだ！　『今からモテる！　超・恋愛心理学講座』！」

嘘を吐いたわけではない。

事実、高嶺サキも平林キーコは『イマモテ仲間』なのだと言っていた。

咄嗟に思いついた割にはいいフォローだと思ったのだが……しかし、何故だろう？

平林キーコと、瀬波ユウカ、そして高嶺サキまでもが、全く同時にすごい目でおれのことを見た。

　しかしそんな意味ありげな視線のことなど、岩沢は気付いていない。

「イマモテ？　イマモテイマモテ……ああ！　間島クンが図書室で読んでたアレ!?」

「あ、ああ、そうだが……」

「──あれは笑ったなぁ！　間島クンこーんな真剣な顔して、あんな見るからに胡散臭い本読み込んでるんだもん！　ヤバい、思い出し笑いしそう！」

「待っ……!!」

　猛暑日のはずなのに、つーっ……と背中に冷たい汗が伝う。

「い、いや、胡散臭くなどない、実際読んでみると理論に基づいた素晴らしい書で」

「いやいやチョー胡散臭いって！　そんな調子だと将来ヘンな詐欺とかに引っかかっちゃうよ！　平林さんもあんな本にばっかり頼ってちゃダメだからね！」

「ま、待て岩沢……」

「自分だけは騙されないって思ってる人ほど、そーいうばかばかしいのに引っかかっちゃうものなんだよ！　わざわざ人の不安を煽って、テキトーなこと言って、それでお金稼いでるような連中が世の中にはうじゃうじゃいるんだから！　気を付けないと！」

「そ……そうよね……ははは」

「あ、ありがとう平林キーコ、とても素晴らしい自己紹介だった！」

拍手で無理やり会話を打ち切る。なんだか分からないがこれ以上この話題を続けるのは危険な予感がした。

すまん平林キーコ、次はもっと丈夫な助け舟を出す……。

「じゃあ気を取り直して次の自己紹介に移ろう」

「——はいっ！　1年B組の天神岡(てんじんおか)クルミです！　諸先輩方よろしくおねがいします！」

天神岡クルミがびしぃっと挙手をする。

上級生に囲まれても彼女はまったく物怖じした様子がない。ハキハキとした口調で自己紹介を進めていく。

「中学時代は間島センパイと同じ空手部でした！　趣味は料理で得意料理は肉じゃがです！」

「ほう？　君の趣味が料理とは初めて知ったな」

「ええもう部活辞めてからドはまりしました！　肉じゃがばっかり作ってます！　肉じゃがなら相当美味しく作れますよ！」

「いいじゃないか、肉じゃがはおれも好きだぞ」

「肉じゃがなら毎日でも作れます！　3食肉じゃがだってお手の物です！」

「食堂でも開くのか？」

「家庭的な肉じゃがも作れます！」

「家庭的な肉じゃがとはなんだ？」

「肉じゃが力の高い女子です！」

「待て、初めて聞く単語で畳みかけないでくれ」

「子どもは肉じゃがチームが作れるぐらい欲しいですよね！」

「待て待て待て、共感を求めているようだが言いたいことが先行しすぎて何を言っているのか分からない」

意味不明を通り越してだんだん怖くなってきた。

君は今日1日肉じゃが一点突破でいくつもりなのか？

現時点ですでに「料理が趣味の快活明朗な下級生」という第一印象が完全に「偏執的な肉じゃが狂」で塗り替えられてしまっているのに？

高嶺サキは相変わらず天神岡クルミにキラキラした視線を送っているが……

「じゃあ最後に高嶺サキ、いいか？」

「……あ、はい！　2年B組の高嶺サキです！　ひ、一言……私は部活やってないし、得意なことも……ええと」

高嶺サキは少しだけ逡巡したのち、ほのかに頰を染めながら……。

「……ま、間島クンのカノジョです」

「ヒュー！」

「いいよいいよーっ！」

アホ2人が盛り上がり、高嶺サキは恥ずかしげに目を伏せてしまった。

……何故かおれまで顔が熱くなってきた。

それと天神岡クルミが般若のような顔で高嶺サキを睨みつけているが、一体どういう感情なんだろう。

「ともかく、これで全員分の自己紹介は終わったな」

おおむね予定通りの進行で、時刻はそろそろお昼ちょうど。

となれば……

「まずは昼食をとろう、荒川と岩沢、バーベキューの準備を手伝っ」

「――海だぁぁぁっ!!」

……てくれと頼もうとした次の瞬間には、アホ2人が海へ飛び込んでいた。キラキラと水飛沫が上がっている。

あいつら……！　初めからこのタイミングを狙っていたな……!?

「もしやさっきおれがパラソルの準備をしていた時にじゃれ合っていたのも計画的か……!?」

「まっ、間島君!?　私手伝いますよ！」

「はいはいっ!!　センパイ私も手伝いますっ！」

あの2人には彼女らの爪の垢を煎じて飲ませたいところだ。

手ぶらでバーベキューが楽しめるお得なプラン——。

という触れ込みで、近くの海の家がバーベキューの機材を貸し出しをしている。

各種食材に着火剤などの消耗品もセットで、機材の使い方まで丁寧に指導してくれた。まさしく至れり尽くせりだ。

ちなみにこのプランの存在を教えてくれたのは上高(カミコー)の歩く掲示板こと岩沢(いわさわ)タツキ。

彼の情報網はゴシップに留まらず、上村(かみむら)市お得情報にまで張り巡らされているらしい。

——とにもかくにも、バーベキューであった。

燦々(さんさん)と日光が降り注ぐ上村のビーチで、潮騒に耳を傾けながら、肉を焼く。

ただそれだけなのになんとなく胸がすくような気分になった。

「あーいい匂い、私お腹減ってきちゃったァ」

と、瀬波(せなみ)ユウカが言う。

確かに、肉の焼ける音と香ばしい匂いは空腹を誘う。

「このへんはもう十分火も通っただろう、瀬波ユウカ、悪いがおれが取り分けるまで少し待っていてくれ」

「えぇ～、勝手につついちゃダメェ？」

「ダメだ！　生の食材には常に食中毒のリスクがつきまとう、おれの目を通していない食材には決して手を出すなよ。あと手指と食器のアルコール消毒も忘れるな」

「バーベキュー奉行だァ」

「……よし、これでいい」

おれは紙皿に肉と野菜をバランスよく盛りつけて、まずはそれを高嶺サキへ差し出した。

「熱いから火傷しないよう気を付けてくれ」

「え？　い、いいんですか？　間島君色々やってくれましたし、先に食べた方が……」

「いや、君に先に食べてほしいんだ」

「そ、そうですか……えへへ、ありがとうございます……いただきますね」

「おお～～い2人がイチャついてる間に私が飢え死にするぞォ～～」

「すまんな、ほら、こっちが君の分だ」

「てんきゅー」

「せ、センパイ!?　私は私は私は!?　私には食べてほしくないですか!?」

「君は……消費カロリーがとりわけ高そうだから少し多めに盛ってやろう」

「やったああああああああああああ!!　私だけ特別!!　センパイの手作り！」

「喜んでいるところ悪いが焼いただけだ、平林キーコのぶんは……」

「う……うんと少なめにして」

「なに？　食欲がないのか？　日差しにあてられたわけではあるまいな」

「ち、違くて！　これも、いわゆるその、恋愛戦略よ！」

「興味深い、聞かせてもらおう」

「とある雑誌の街頭アンケートで、男子の6割は少食女子が好きって結果が出てるの！」

ぴた……と、一時停止でもかけられたように高嶺サキと天神岡クルミが箸を止めて、おれの方を見た。

「そうなのか？　おれはよく食べる方が健康的で好ましいが」

が、おれの一言で2人は同時に「いただきます」を唱え、箸をつけ始めた。天神岡クルミなんかよっぽど腹が空いていたのだろうか、皿を傾けてまでがっついている。

瀬波ユウカだけはこちらのやり取りなど最初から気にしたそぶりもなく、黙々と肉を頬張っていたが。

「あ、あなたの感想はどうでもいいの！　私は岩沢君に好かれたいんだから」

「なるほど道理だ、それでどれぐらい少なくする？　これぐらいか？」

「ま、まだ多いわ」

「……これでどうだ」

「まだ多い、に、肉もいらないから」

「待て！　この量は明らかに想定される消費カロリーと見合っていない！　兎でももう少し食うぞ!?」

「恋とは挑戦と忍耐の連続なり！　by　mori——って書いてあったでしょ！　イママモテ第4

章に！」

「うっ……!?」

確かに書いてあった……！

しかしなんだ!?　この、まるで本人が言っているかのような説得力は……!?

「……分かった……だがどうしても我慢できなくなったら岩沢に気付かれないようこっそり来い、君の分もとっておく」

「あ、ありがとうバカ風紀！」

「バカ風紀!?」

風紀バカは言われたことがあるが、バカ風紀!?

初めての蔑称（べっしょう）に戸惑っていると……平林（ひらばやし）キーコが何かに気付いたように、そそくさとおれの下を離れた。

……どうやらヤツらが戻ってきたらしい。

「──えー我らが親愛なる風紀委員長殿……上村（かみむら）ビーチ・ナンパの戦果を報告いたします」

「ゼロ！　マジでゼロ！」

「モデル体型の水着美女どころかまず家族連れしかいないんだけど!?　これだから田舎は!!」

「あ、でもでっかい昆布とってきたからこれ焼こうぜケンゴ！」

……彼らは気付いているだろうか。

女子たちがまるでゴミでも見るような目を向けていることに。

「……荒川、昆布は捨ててこい」

「えー!?　こんなデカいのに!?」

「あはは、ドンマイドンマイ」

「そして岩沢は今後一切ナンパ禁止だ」

「なんでボクだけ名指しで!?」

岩沢が今にも跳び上がりそうな勢いで仰天しているが、当たり前だろう。

おれはずんずんと彼に詰め寄る。

「――いいか？　まずおれはナンパ行為に対して決して肯定的ではない……が、否定もしていない、誰とコミュニケーションをとろうが個人の自由だからな、しかし今は事情が変わった」

「じ、事情って……？」

「事情は事情だ、とにかくさっさと肉を食え」

「わ……分かったよ……」

「あ、ケンゴ！　おれ肉大盛りで！」

「分かった分かった、ほら持っていけ」

「ちぇー、せっかくレイバンのサングラスまで買ったのに……平林さんもひどいと思わない？」

「えっ!?　ごふっ、あ、は、はい、そう……だよね……？」

「てか平林さん量少なっ！　それだけで足りる？」

「足り、足ります、私少食だからっ……」

「へ～、まいいや、隣失礼するね」

「あどっ、どどどうぞ！」

おお、こちらがなにもせずとも、岩沢が平林キーコの隣に座った。

これも恋愛戦略の効果だろうか？　できることならうまくいってほしい。

一方で……、

「……」

「……なんですか荒川先輩、そんなじっと見て」

「いやー……肉じゃががじゃなくて残念だったね、と思って」

「は？　なんで肉じゃが？　バカなんですか？　死んだ方がいいですよ」

「ねーーー！　ケンゴーー!!　この子なんかめっちゃトゲあるんだけど!!」

「お前に呆れているだけだろう」

少なくともおれが知る天神岡クルミはあんなことを言ったりしないからな。

なんにせよ――これで全員に行きわたった。

最後に残ったやつを紙皿によそって、おれのぶんにする。

これを食べたらすぐに第2陣、第3陣を焼き始めなくては。

焼きそばに焼きトウモロコシだってある、ちゃちゃっと食べ終えてしまおう。

そう思って、自分の皿に箸をつけようとしたら、

「――えいっ」

「あっ」

横から箸が伸びてきて、おれの皿へ肉が追加された。

顔を上げると……すぐ傍で、箸を構えた高嶺サキが笑顔を浮かべている。

「まだ箸に口はつけていないので、ご安心を」

「いや、それは別に気にしていないのだが……」

「間島君、皆に優先的にお肉を配るから、もう野菜しか残ってないじゃないですか、それだけだと逆に不健康です、食べてください」

「しかしこれは君のぶんだ」

「焼いてくれたのは間島君です。お礼のお肉ですよ。ね？」

……なんとなく、なんとなくだが。

おれに肉を勧めてくる彼女が、あの日の焼き肉屋での姉さんとかぶる。

「間島君は頑張りすぎです、今はゆっくり食べてください」

「……ありがとう、じゃあいただくよ」

「次は私が焼きますよ」

「それはダメだ」

さすがにそこまで譲ってしまうと、おれはカレシとしての威厳が保てない。

そうだ、作戦はもう始まっているんだ。これを食ったら本格的に行動に移ろう。

具体的には——高嶺サキにカッコいいところを見せる。

ちなみに、その後、おれが締めに作った焼きそばは大変好評で、天神岡クルミは3度おかわりをした。

第五部　好きな人とは目を合わせて話すべし

■間島ケンゴの章■

——カッコいいところを見せる。

間島ケンゴ17歳、人生初の試みであった。

そも「カッコいい」とは何か？

原義の通りであれば「見た目・外見が好ましいさま」だが、転じて「態度や行動・能力が優れており、目を惹くこと」も指す。

前者に関しては今更どうしようもできないので、攻めるとすれば後者だ。


「海といったらやっぱスイカ割りでしょ！」

荒川のやたらデカい防水バッグの中身のほとんどを、立派な大玉スイカが占めていたことは、その時判明した。ご丁寧に野球バットまで持参だ。

ともあれ——おれにとっては願ったり叶ったりのスイカ割り大会が始まった。

トップバッター・荒川リク。

「みんな、1発目で割っちゃうけどごめんなー、あははは」

荒川はこれまた持参のスイカ割り用アイマスク——待て、もしかしてヤツは着替えとスイカ割り道具しか持ってきていないのか？——を装着して、木製バットを構える。

「審判はおれこと間島ケンゴが務める。公式ルールにのっとって競技者はその場で5と3分の2回転するんだ」

「——スイカ割りって公式ルールあんの!?」

当然、立派なスポーツである。

本来ならば、スイカを割る棒や目隠しにも規定があるのだが、そこまで野暮は言うまい。

「割れたスイカの赤い果肉が見えればその時点でゲーム終了だ」

「うう～、3分の2回転ってどんぐらいだよ～……」

ぶつぶつ文句を言いながら荒川がその場で回転して、いよいよ準備完了。ギャラリーから一斉に指示が飛び始める。

「とりあえずまっすぐ進んでー」

「荒川さんちょっと右、右にずれて！」

「いきすぎです！　半歩分左へ！」

「も、もう少し後ろに下がって……」

「危ない！　後ろに回り込まれた！」

「えっ!?」

そこまで順調にきていた荒川だが、突然振り向きざまにバットを振り下ろし――当然、空振り。バットがむなしく砂を叩いて、ギャラリーから落胆の声があがる。

アイマスクを外して確認しているが、もちろんそんなところにスイカはない。

「荒川リク、０点」

「なっ、ちょっ……審判!!　明らかに妙な指示で俺を妨害してるヤツいたけど!?」

「公式ルール上は問題ない」

「往生際悪いよ荒川クン、あはははは」

「あいつかっ……！」

気を取り直して、２番打者・岩沢タツキ。

「ボク、昔からこの手のゲームはチョー得意なんだよね～」

などと軽口を叩きながら準備完了。再びギャラリーから一斉に指示が飛び始める。

「すでにちょっとずれてるー、右右」

「岩沢さん行きすぎ行きすぎ！　もう少し！　もうすこーしだけ戻って！」

「そうですそうです！　そのまままっすぐ！」

「い、いいいいいい岩沢君、か、カッコいいです……！」

「えっ？　誰か今ボクのことカッコいいって言ってくれた!?　ありがとう！」

「アホ！　チビ！　身長10センチ伸ばせ！」

「はぁっ!?　誰だ今言ったの!?」

「ちんちくりん！　一寸法師！　おしゃべりハムスター！」

「荒川だな！　表出ろコラ！　叩き割る！」

「……岩沢タツキ、荒川リク、両名失格だ」

サポーターからの「競技と関係のないアドバイス」と「競技者への誹謗中傷（ひぼうちゅうしょう）」は禁止されており、また競技者はサポーターに危害を加えてはいけない……というルールはないが、普通に危ないので失格。

荒川と岩沢への指導（説教）が間に挟まり、ゲーム再開。

3番打者・瀬波（せなみ）ユウカ。

「あ――私パス」

「えっ!?　なんでよユウカちゃん！　スイカ嫌い？」

「いや目隠しして棒持ってウロウロすんの、なんかアホっぽいなと思って、スイカは食べたい」

「いやノリわっるー！　試しに目隠しだけでもしてみたら楽しいかもよ！　ほら」

「ふんっ！」

「痛ィっっっったぁ!?」

「瀬波ユウカ、暴力行為により失格」

続いて4番打者・平林キーコ。

「い、いくわよ……！」

「平林さん、そのままっすぐだよー！　そうそうそのまま……あれ？　なんでこっち向いて……え？　えっ!?　なんでなんで怖い怖い怖い怖い怖い！」

「平林キーコ、失格」

失格理由は「岩沢の声が聞こえた途端、何故かスイカではなく一直線に岩沢の方へ向かっていくという危険行為を行ったため」だ。

続く5番打者・天神岡クルミ。

「見ててくださいね間島センパイ！　1発で粉々にしてみせますから！」

「できれば原形は留めてくれ」

「では行きますっ！　せやああっ！」

「……まだ誰も指示出してないんだけど」

「あれ!?　ちょっ……天神岡さん!?　どこへ!?」

「そ、そっち海……」

「……あっ」

「コケた」

「——何やってるんだ天神岡クルミ！」

危うく溺(おぼ)れかけたため、天神岡クルミは強制的に0点。

続いて6番打者・高嶺(たかね)サキ。

の、はずが……。

「……大丈夫か高嶺サキ？」

今、おれは砂浜で大の字になった高嶺サキを見下ろしていた。

「……す、すみません……目が回って……」

「肩を貸そう」

5回転もしない内にバランスを崩し、スタート地点で倒れてしまった高嶺サキを助け起こす。

「き、気持ち悪いです……」

「君はもう少し平衡感覚を養った方がいいな」

「ふふん、まだまだですね、高嶺先輩」

天神岡クルミが何故かふんぞりかえっていたが、ついさっき浅瀬で溺れかけたことをもう忘れてしまったのだろうか……

ともあれ――ようやくおれの出番が回ってきた。

「任せてくれ」

「よっ！　風紀委員長！」

7番打者・間島ケンゴ。満を持してバットを握った。

「風紀オバケがんばれ～」

「間島君！　そのままま っすぐですよ！」

「うおおおおおお！　センパ――――イっっ!!」

「……」

――おれは、アイマスクの暗闇の中で考える。

スイカ割りという競技におけるカッコいいとは何か？　「態度や行動・能力が優れており、目を惹くこと」とは何か？

答えを導き出すのは簡単だった。誰よりも早く、確実にスイカを割ることだ。

そして答えが見えてしまえばもう、おれに迷いはなかった。

――集中。

「あれ――間島君――全然動かな――――」

「おーいケンゴ――聞こえ――」

「――――っ」

暗闇の彼方から聞こえてきた声が更に、更に遠くなっていく。

一方で感覚は研ぎ澄まされて、潮風が耳の中でひゅるひゅると渦巻くさまや、足の裏で踏みしめた砂粒の一粒一粒までもがはっきりと感じ取れた。

……そういえば、空手をやっていた時は試合のたびにこうなっていたっけな。

もう、ずっと過去の話だが――

「ふんっ」

――大きく踏み込み、一閃。

力強く、それでいて粉々にしないよう、狙いすまして。

振り下ろしたバットがソレの芯をとらえた。

……うん、手ごたえありだ。

「えっ？」

暗闇の中で、誰かの呆けた声が聞こえてきた。

アイマスクを額へずらすと、たちまち視界が明るくなる。

目の前には……予想通り、真ん中から綺麗に割れたスイカの赤い断面が見えた。

「――よし食べよう、みんな手指と包丁の消毒を忘れるなよ」

「すっ……」

「すげえ――――っっ!?」

「け、剣豪……？」

「いや――……風紀オバケってやっぱバケモンだわ……」

「センパぁ――――イっっ!!　やっぱハンパないっす！　最強っす！　ラストサムライっす！」

「ありがとう」

ギャラリーからの反応はおおむね良好だ。

しかし、肝心なのは……

「……どうだった？　高嶺サキ」

もしも間違っていたらどうする？　またおれの空回りだったらどうする？

そんな不安を胸に抱きながら、おそるおそる聞いてみる。

すると、高嶺サキはふるふる震えたのち……、

「――それはもうすっごくカッコよかったですよ！　間島君！」

「そ、そうか」

よかった、誰も見ていなければガッツポーズだって作ったはずだ。

これだ、この路線だ。これで間違いはない。

間違いはない、はずだが……、

「――」

何故だろう？

こちらを見る天神岡クルミが、さっきまでの興奮とは打って変わって、寂しそうな眼をしているように感ぜられた。

――スポーツのできる男は女から評価される。

――そんなの原始の時代から決まってることだ。

先ほども説明した通り、スイカ割りは公式ルールの存在するれっきとしたスポーツである。

つまるところ坪根タクミの説はいよいよ真実味を帯びてきたわけだ。

となれば、この路線で攻めない手はない。

「海と言えばやっぱりビーチバレーでしょ！」

だからこそ岩沢タツキがそう言い出したのは、おれにとって非常に好都合だった。

というわけで――、

「――ふんっ」

「ぎゃあああああああああああっっ!!!!」

おれ渾身のサーブを受けた岩沢が、悲鳴をあげながら砂浜の上を吹っ飛んだ。

よし、これでこちら側が2セット先取、ゲームセットだな。

「た、タツキ――――っっ!?」

「……」

砂浜に横たわって声もあげない岩沢と、彼の名前を絶叫する荒川。

大袈裟な連中だ……。

まあなにはともあれ、

「どうだった、高嶺サキ？」

おれはペアを組んだ高嶺サキへ尋ねた。

なんせこちらはほとんどおれ一人でストレート勝ちだ。

ゲームの結果から考えれば、今のおれはさっきのスイカ割りの時よりずっと「カッコいい」はずで……

「──ええ！　間島君は本当にカッコいいですね！」

……うん？

望んだ通りの答えが、望んだままに返ってきた、はずなのに。

その時生じた喉の奥に小骨が引っかかるような違和感に、おれはほんの少しの間、固まってしまった。

……別に、彼女が世辞を言っているとは思わない。

向日葵のような笑顔を浮かべた高嶺サキが、心からそう言ってくれているのは分かる。それはもちろん嬉しいことだ。

しかし……なんだ？

さっきは気付かなかった、この微妙な空回り感は？

「……どうかしましたか？」

「い、いやなんでもない、ありが……」

「──岩沢君の仇っ!!!!」

「ぶっ」

「間島君!?」

完全に油断していたところで、平林キーコの放った強烈サーブが顔面へ叩きこまれた。

次だ、次こそは。


アピール方法がスポーツに偏りすぎていたために飽きられてしまったのではないか？

しばらく考えてみた結果、おれはそういう結論に至った。

ドッジボール、スイカ割り、ビーチバレー……漫才で言うなら「天丼」だ。これではいささかワンパターンすぎる。

なるほど考えてみればそれらしい理由……いや、そうだ。そうに違いない。

では、次は一転して文化的な面で攻めてみるのはどうだろう。

おれは昔から人より手先の器用な方だったし、たとえばそう、海水浴らしく砂のお城などを作ってみるのは……？

というわけで、

「できた」

――築城。

砂で作った石垣に、砂で作った天守閣。

かつて2度の落雷で完全に焼失したとされる上村城を上村のビーチに再建した。

「本当なら冠木門まで作りたかったが……」

途中からは普通に楽しんで、時間が経つのも忘れてしまった。つい熱中しすぎてしまうのはおれの悪い癖だ。

いつの間にか他の海水浴客たちまでもが集まりだしていた。

「……この時点でもうすごすぎてワケわかんねえよ」

「ボク砂で日本の城作る人初めて見た……」

「さ、砂像コンテストにでも提出するの……？」

「ねえ風紀オバケ、上村新聞と新潟テレビの人が取材に来てんだけど……」

みんなが少し引いているように見えるが、それはまあいい。

大事なのは高嶺サキの反応——ただそれだけである。

「どうだ高嶺サキ？　我ながらなかなかの力作だぞ」

振り返って聞いてみる。

彼女が「カッコいい」と思ってくれるならそれでいい。

彼女がおれと付き合って間違いではなかったと思ってくれるなら、おれはそれで——

「——ええ、ホントにカッコいいです間島君！」

いい、はずで。

間違いなく高嶺サキに褒められて嬉しい自分もいるはずなのに。

どうしてかおれは、心のどこかでそこはかとない虚しさを感じた。

「そ、そうか」

「私あんまり手先が器用じゃないから尊敬しちゃいますよ！　……あっ、せっかくだし写真撮ってもいいですか⁉」

「……もちろん、好きにしてくれていい」

「やったっ！　ありがとうございますっ！」

高嶺サキはその場でぴょんっと跳ねたのち、砂の上村城をあらゆる角度からスマホのカメラで撮影し始めた。

彼女は楽しそうだ。この海水浴をずっと、心から楽しんでくれている。

本心からおれに「カッコいい」と思ってくれているのも分かる。

しかし……しかしなんだ？

なんだこの「いざ城内に攻め入ってみたらもぬけの殻だった」というような感覚は？

「すみません、上村新聞です！　あなたがこの砂のお城の製作者ですか⁉　いやまさか焼失した上村城を復活させるなんてね！　君ほど郷土愛に溢れた人はいませんよ！　是非ともわが社で取材させていただきたいのですが……！」

……おれはなにか、根本的に間違えているのではないだろうか？

そんな思いが、おれの中に芽生え始めた。

いまいちど整理してみよう。

おれはどうして、高嶺サキに「カッコいい」と思ってほしいのだ？

「新潟テレビです！　君、よかったらインタビューしてもいい？　タイトルは『上村ビーチに突如復活した幻の上村城』……あ！　『砂上の楼閣ならぬ砂上の天守閣！』ってフレーズも使いたいなぁ！　絶対年寄りウケするよ……」

おれは……いわゆる普通のカレシではない。

だから高嶺サキを失望させてしまう場面も多い。

初めはそんな自分の悪いところを隠して「普通のカレシ」になろうとしたが……結局失敗した。そのうえ高嶺サキはそれを拒み、かえって気を使わせるような結果になってしまった。

ならば、と今度は「欠点を隠すのではなく、得点によってカバーする」方法を思いついた。

だからカレシとしてカッコいいところを見せることにこだわったのだ。

「……あれ？　君？　おー――い、変だな、聞こえてないのか？」

……違う、それはうわべの話だ。

もっと根本の話をしよう。

おれは改めてどうして高嶺サキに「カッコいい」と思ってほしいのか、どうして高嶺サキに失望されたくないのか。

「ねえ、君、ちょっと？　…………寝てる？」

高嶺サキにおれと付き合ったことを後悔してほしくない、何故？　高嶺サキを好きだから。悲しい思いをしてほしくないから。傷つけたくはないから。大事にしたいから。

……本当にそうか？

いや、そういう気持ちは確かにある。確信を持てる。おれは高嶺サキを大事にしたい。しかし、この胸のモヤモヤはそれだけではなくないか？

これはもっと、もっとその奥にある……

――おれは本当に、高嶺サキのためだけを想っているのか？

「――あっ」

そしておれは気付いてしまう。気付いてしまった。

どれだけ高嶺サキに「カッコいい」と言われても埋まることのなかった――いやむしろどんどん浮き彫りになっていった、その空虚さの正体に。

カッコいいなどとは程遠い、矮小で醜い、おれの欲望の正体に――。

「……こんなことをしている場合ではない」

「おっ!?　やっとインタビューに答えてくれる気になった!?　じゃあまずはこのお城に込めた想いから……」

「——岩沢っ！　少し聞きたいことがある！」

「ちょっ、ちょちょちょちょ⁉　君どこ行くの⁉　聞きたいことあるのは僕ら……」

「ん？　なにさ間島クン？」

「この近くで、ここよりもずっと静かで——２人きりで話すのに適した場所はあるか⁉」

「２人きりで話す場所ね、そうだなぁ」

改めてになるが、上村の歩くインターネット・岩沢の情報網はあらゆる場所へ張り巡らされている。

それはもちろん上村おすすめのデートスポットにさえ——だ。

「ここから歩いて行ける距離だと恋人の聖地があるよ」

「その恋人の聖地とはなんだ⁉」

「知らない？　恋人の聖地プロジェクト、２００６年頃に始まった恋愛と結婚を促す……まぁ言っちゃえば少子化対策の一環だね。全国に点在するプロポーズにぴったりのロマンチックなスポットを選定したものさ」

「それが上村にもあると？」

「うんあるよ、海沿いに10分ぐらい歩いて、鐘のオブジェが目印さ。そこに立って、夕日が海に沈む一瞬だけ水平線に走る一筋の光——グリーンフラッシュっていうんだけどね、これを恋人と一緒に見ると幸せになれるんだって」

「岩沢、やはりお前は……いい男だ！　アホと言ったのは取り消そう！　次からはもっと手放しで褒めておく！」

「あはは、なんか分かんないけどどういたしまして、行くんなら早く行った方がいいよ、もうだいぶ日も沈みかけてるし」

「恩に着る！　……そうだ、迷惑ついでにもう一つ荒川と岩沢に頼みがあるんだが……！」

「うん？　俺？」

「なにさ？　言ってみなよ」

「──あの砂の城、壊しておいてくれ」

おれの一言で、完全に蚊帳の外になっていた新聞社とテレビ局の2人がぎょっと目を剥き、そして荒川と岩沢は……にやりと口元を歪めた。

「え……マジで……？」

「……間島クンいいの……？　本当にそんな楽しそうなこと、ボクらがやっちゃって……？」

「元々完成したらすぐに取り壊すつもりだった。皆のビーチにあんなものあったら邪魔だろう。後始末だけ任せるようで悪いが、できるだけ原形を残さないかたちで頼む」

「ちょっ!?　まだ取材も済んでないのにそんな勝手な……」

「──イエッサー！　かしこまりました風紀委員長殿！」

「上村城はボクら風紀委員が責任持って解体させていただきます！　……先にぶっ壊した方

が優勝な！　よーいドン！」

「あ、タツキずっりい！」

「まっ、待って待って待って！　せめて写真だけでもっ――――！」

「ぶおおぉぉ――――んどるるるぅ――――っ！　岩沢ブルドーザ――――‼」

「あああああああああああああっっ‼‼」

「あっ⁉　おいタツキ！　今の俺ちょっとゴモラみたいじゃね⁉　写真撮って写真！」

「あああ……上村城が崩れていく……これで3度目だ……」

荒川と岩沢の派手な壊しっぷりに魅せられて、海水浴客の子どもたちも攻城戦に加わり、夕焼けの上村ビーチはあっという間にてんやわんやの大騒ぎだ。

砂の上村城も、束の間だが城下市民を喜ばすことができて本望だろう。

しかしおれは、上村城が完全に砂に還るのを見届ける前にやらなければならないことがある。

「――高嶺サキ」

「は、はいっ？」

「君に話したいことがあるんだ、少し歩かないか？」

「ええ、もちろんいいですけど……どこへ行くんですか？」

「岩沢の話によると、この先に恋人の聖地というのがあって、そこで夕陽が海に沈むところを見ることができれば、幸せになれるらしい」

「えっ！　なんですかそれ!?　いいですね行きましょう！」

高嶺サキは「恋人の聖地」という響きに惹かれたのか、小躍りしている。

彼女の笑顔を見ていると……これから全てを告白しようとしている身としては、気分が重かった。

だが、気付いてしまった以上はもう逃げてはいられない。

「……じゃあ、行こうか」

「はい！」

おれと高嶺サキは並んで海岸沿いを歩き始めた。

沈み始めた夕陽を水平線がきらきらと跳ね返している。この調子でいけば、ギリギリ日没までには間に合うだろう。

……が。

「うああぁ――ん……おかあさ――ん……」

前方から一人、水着の幼女が歩いてくるのが見えた。

年は……まだ小学校にも上がらない頃だろうか。

力の限り、その小さな顔がぐじゃぐじゃになるまで大泣きしている。片方裸足の足をぺたぺた鳴らしているが、目的地があるわけではなさそうだ。

おれは急いで彼女に駆け寄る。

「どうした君？」

子どもと話す時は目線の高さを揃える――と、どこかで聞いた知識に従い、その場にしゃがみこんで、正面からじっと彼女の目を見据えるのも忘れない。

しかし、

「あぁ――……!! ごわいぃ――っっ……!!」

どうしてか、いっそう激しく泣かれてしまった。

……そんなに怖いのか？ おれの顔は。

「どうかしました？」

見るに見かねた高嶺サキがおれの隣に並んで、助け舟を出してくれた。

「お父さんかお母さんは？」

子どもへ語りかける高嶺サキの口調は、きわめて優しく、そして魔法のようだった。

半ばパニック状態にあった子どもが、僅かに落ち着きを取り戻したのだ。

「さっき……おかあさん、トイレで……どっか……いっちゃって……」

「お母さんとはぐれちゃいましたか？」

彼女はこくりと頷いて肯定する。

――やはり迷子か。

「……すまん高嶺サキ、恋人の聖地はまた今度になるかもしれん」

「私もちょうど同じこと言おうと思ってました」

「よし、……じゃあ君、乗ってくれ」

「へ……？」

「肩車だ、お母さんを捜しに行こう」


「――すみません！　ありがとうございました！」

「おにーさんおねーさん、またねー！」

申し訳なさそうに頭を下げる母親と、さっきまでとは打って変わって喜色満面の彼女に、おれたちは別れを告げる。

結局彼女の母親を見つけた頃には、すっかり日も沈んでしまっていた。

あたりは薄闇に包まれており、あれだけ賑やかだったビーチも今では実に閑散としている。当たり前だが、暗い海で泳いでいる人は一人もいない。

……おれたちももう、帰る時間だ。

「皆のところへ戻りましょうか、間島君」

「……夕陽のことはすまない」

「そんなこと気にしていたんですか？　間島君のせいじゃありませんよ、あの子もお母さんのところに帰れたわけですし、それでいいじゃないですか」

「まあ、それはそうだが……」

つくづく、おれは間が悪いというかなんというか。

いやまあ、そのおかげであの子を見つけられたというのもあるだろうが――しかしおれはまだ、彼女に「あのこと」を話せていない。

みんなの下へ戻れば、その機会はなくなる。

話すなら今しかない。

「……高嶺サキ、話がある」

「？　はい」

高嶺サキがこちらへ向き直る。

水着の彼女は相変わらず綺麗で、そして無垢だった。

だからこそ胸が痛む。

この醜い感情の存在が、彼女の輝きでより色濃く、おれの心に影を落としてしまう。

後戻りはできない。

もしもこの胸の内を晒したことで、高嶺サキに幻滅され、その結果――彼女との恋人関係が解消されるようなことになったとしても。

気付いてしまった以上、打ち明けずにはいられなかった。

「……実は、おれは――」

彼女と目が合わせるのが耐え切れなくなり、視線を落とす。

すると……偶然、視界の隅に小さなサンダルの片方を発見した。

「……？」

おれは告白を中断してこれを拾い上げる。

ちょうど未就学児の履くような、可愛らしいピンクのサンダルだった。

「……これは」

「間島君、それってさっきの子の……？」

「――すまん高嶺サキ！　今から走ってあの母子を追いかけてくる！　悪いが先にみんなのところへ戻っていてくれ！」

「分かりました！　暗いので足下気をつけてくださいね！」

「ああ！」

おれはサンダルを握りしめて、元来た道を駆け戻る。

間が悪い、間が悪い。

まったくもっておれは――間が悪い！

■高嶺サキの章■

……やっぱり、走ると思いました。

私は遠くなっていく間島君の背中をぼんやり眺めながら、かすかに笑いました。

自分のためではなく人のために、わき目もふらず全力疾走――なんとも彼らしい走りではありませんか。

本当に彼は、期待を裏切りません。

間島君の背中は見る見るうちに小さくなって、薄闇の中で輪郭がぼやけ、あっという間に見えなくなってしまいます。

おそらく、あの母子も帰り支度をしている頃でしょうが、心配はありません。

なんせ間島君は、とっても足が速いので。

「……私も皆のところへ戻らないと」

私は街灯の薄灯りを頼りに、海岸沿いを歩き出しました。

迷子のお母さんを捜しながらも、ＭＩＮＥのグループチャットで皆とは定期的に連絡を取り合っていたので、心配はしていないでしょうが……

……肌に当たる夜風が気持ちいいです。

「――高嶺先輩」

歩き出してすぐ、後ろから呼び止められました。

高嶺先輩、私のことをこう呼ぶのは一人しかいません。

「天神岡さん？」

間島君の中学時代の後輩――天神岡クルミさん。

彼女が、後ろで束ねた髪を潮風に揺らしながらそこに立っていました。

「どうしたんですか一人で？」

「……」

天神岡さんは答えません。

宵闇のせいでしょうか？　彼女は昼間の元気溌溂な様子からは一転、静かで、危うげで、それでいて深い哀しみをたたえています。

たとえるなら夜の海そのもののようでした。

「もしかして間島君を捜しにきたんですか？　間島君ならさっき落とし物を」

「いえ、私は高嶺先輩に用があるんです」

「……私に？」

「はい……大事な話です。誰にも聞かれたくないので、少しついてきてもらえますか」

「……」

天神岡さんはなかなか大事な話を切り出しませんでした。

海沿いをしばらく歩いて、波の打ちつける堤防に差し掛かっても、まだ無言でした。

私はただ黙って、彼女の後ろについていくしかありません。

「……」

夜の堤防は暗く……どこまでも暗く。

波の打ちつける音だけが地鳴りのように響いてきます。

まるで大きな怪物の口の中へ、片足を差し出したかのような、そこはかとない心細さがありました。油断すれば、その暗闇に引きずり込まれてしまいそうです。

もう帰りませんか？

臆病風に吹かれてそう提案しようとした、そのタイミングを見計らったかのように、天神岡さんが立ち止まってゆっくりと口を開きました。

「……私、間島センパイを殴ったことがあるんです」

「……!!」

私はその話を知っていました。

間島君と荒川君、岩沢君、そしてユウカちゃんが4人でミクドナルドへ行った際に挙がった話題です。私もユウカちゃんとの通話で話だけは聴いていました。

でも、まさか本人の口から伝えられるとは……。

「知ってたんですね」

「噂ぐらいは……半信半疑でしたけど」

「なるほど、間島センパイから直接伝えられたわけではないんですね」

あの人らしいです、そう言って天神岡さんは自嘲しました。

そしてそれは同時に、言外でその噂が真実であることを肯定しています。

「……どうして、間島君を殴ったりしたんですか？」

「そうですね……今になって思えば馬鹿なことをしたと思うんですが、でも当時はそうせずにはいられなかったんです。少し長くなるんですが、いいでしょうか？」

それは一応質問のかたちをとっていましたが、彼女の静かな声音の奥底にある、得体のしれない迫力が、私に有無を言わせませんでした。

「……ええ、聞かせてください」

「……分かりました」

天神岡さんは、暗い海の向こうにある何かを見つめながら、静かに語り出しました。

■天神岡クルミの章■

——幼い頃の私は特撮が好きでした。

分かりますか特撮？　ほら日曜の朝にやっているでしょう。

なんとか戦隊とかなんとかライダー、みたいな、画面の向こうにいるヒーローに憧れていたんです。努力次第で自分もそういう風になれるものだと確信していました。

弱きを助け強きを挫く……みたいな？

将来の夢には当然のように「正義の味方」と書いて、いつでも悪いヤツに立ち向かえるように身体を鍛える真似なんかして……

そんなことばかりしている、アホな子どもでした。

……だけど割と早い段階で夢から覚めました。

小学2年生の頃です。

クラスメイトの気弱な女子にやたらちょっかいを出す4年生の男子がいました。

彼はいつも同学年の体格のいい男子とつるんで、その女子の持ち物をとったり、投げたり、捨てたり……私の目には、分かりやすく「悪」に映りました。

義憤に駆られた私は「正義の味方」としてその男子をこらしめたんです。下校中、待ち伏せをして向こうが謝るまでボコボコにしました。

……褒められると思いました。

危険を顧みず上級生に挑み、友だちを救うなんて、なんと立派で勇敢な子だと。

よしんば褒められなかったとしても、その行いは気弱な彼女を助け、そして私の信じる正義の糧となるはずだと。

……おめでたい勘違いでした。

褒められるどころか、しこたま怒られました。

まずは先生に、次に両親に、それから向こうの親に。

どうしてあんな馬鹿なことをしたんだと、どうして何もしていない彼を一方的に殴ったりしたんだと。

私は正直に打ち明けました。いじめられていたクラスメイトを助けるためだと。

——それでも駄目でした。話を逸らすなとまで言われました。

大事なのは「みんなが見ている通学路で私が一方的に上級生を殴っていたこと」だけなのだそうです。

誰も踏み込みたくはないのです。興味もないのです。

ただただ、この厄介ごとをさっさと片付けたいだけで——間違っても問題を大きくする方向でなんて、動きたくはないのです。

まあ、大人が愚鈍なのは、特撮でも「よくあること」なわけで、

せめて私の救った「彼女」さえ私の頑張りを認めてくれれば、少しは報われるはず……。

そう思っていましたが、

「……」

彼女は、最後まで声をあげませんでした。

きっと上級生たちによる報復を恐れたのでしょう。

正義の味方なんてとんでもない、私は「突然理由もなく上級生に殴りかかった危ない女子」というかたちで処理されました。

結局のところ、上級生によるいじめは何事もなかったかのように続いて、その女子も不登校がちになってしまったわけで……私の正義はなんの意味もなしませんでした。

そのうえ私は、この一件で自分がズレていることを自覚し始めました。

もちろんたったの一回で拗ねてしまうほど、私の正義への憧れはやわなものではありません。

理不尽ないじめに抵抗し、

権力を振りかざす教師に声をあげ、

いわれのない誹謗中傷は許さない。

……でも、正しいことをしようと思えば思うほど、正しくないものを正そうとすればするほど、自分がズレていることに気付くだけだったのです。

そりゃそうですよ。

そもそも私が間違えていたんですから。

私自身がそれほど正しくないのですから。

……後から気付いたんですが、私は正義の味方に憧れていたわけではなく、正確には特撮の「白黒はっきりした世界観」が好きだったのです。

正義は正義、悪は悪、みたいな、そういうシンプルさが。

でも、この世界に……特に上村（かみむら）のような田舎に、そんなものはないのです。

完全な善人も、そして完璧（かんぺき）な悪人もいない――。

それは要するに世界に信念がないことの証明でした。

軟弱で、一貫性がなくて、劇的でなくて、物語的ではない。

そして私もその例に漏れず、どこにでもいる物語的でない普通の人間の一人だったのです。

「正義の味方」に憧れるのをやめました。

何か腹の立つことを言われても、理不尽な目に遭わされても、不平等を目撃しても……笑って流しました。見て見ぬふりをしました。

こんなもの、こんなものですよ、だって私は正義の味方なんかじゃないし、どうせまたズレた救い方をして、ただ場を掻（か）きまわすだけです。

心のどこかで漠然と上村を嫌いながら、しかしそんな風に自分に言い聞かせてきました。

……センパイと出会うまでは。

「――」

東中（トーチュー）空手部の体験入部の際。

当時2年生だったセンパイを、間島（まじま）ケンゴという人間を初めて見た時の感動は、今でも忘れられません。

正しきを貫き、あらゆる不正を許さず、見返りも求めない。
清廉で、潔白で、強靭で、劇的で、物語的。
人間的すぎるあまり人間離れしていて、しかし同時に彼の周りには自然と人が集まる。ズレているのも極まると人望を生むのだと、私はその時初めて知りました。

唯一無二――センパイは私の諦めかけた「憧れ」そのものだったのです。

私はすぐに空手部への入部を決意しました。

誰よりも近くで、誰よりも長く、センパイの背中を見ていようと誓いました。センパイのような人間になりたかったし、なにより見届けたかったのです。

センパイの背中を追いかける日々は、毎日が物語的で感動の連続でした。

センパイの考えは、私の憧れた正義なんかよりずっと深く、強く、正しく。この人の傍にいれば、私はもっと正しくなれると思ったのです。

だから、

「――みんな、間島が退部届を出していった」

コーチがそう言っているのを聞いた時は、たちまち頭が真っ白になりました。

大会を控えた2年の夏のことです。

「えっ!?　なんでこの時期に!?　大会も出ないってこと!?」

「当たり前だろ……部活辞めてんだから」

「やっぱあれかな、先生が見てる前でA組の宮ノ下殴り倒したやつ……」

「ウッソ、なにそれ？」

「知らねえの？　なんか宮ノ下に挑発されて頭に血が上って……」

「――嘘吐かないでください!!」

次の瞬間、私は先輩に掴みかかっていました。

ずいぶん久しぶりに、胸の内で何かが燃え上がるような感覚を覚えます。

「なっ、なにすんだよ天神岡!?」

「挑発されて教師の前で生徒を殴った？　頭に血が上って？　――デタラメです！　あなたたちと一緒にしないでください！　そういうことは一番しない人です！」

「あ、頭に血が上ってるのはお前だっ！」

「天神岡抑えろ！　確かにお前の言う通り間島は一番そういうことはしない！」

「だったら……！」

「――女子を侮辱されて、ついかっとなったって話だ！」

……は？

先輩の一言に、私の全身から力が抜けていくのを感じました。一方でそれを聞いた先輩たちは、なんだか納得した風に「おお」と声をあげます。

「なるほど、女子のめいよのために宮ノ下を殴ったわけか！」

「宮ノ下、イヤなヤツだったからな～」

「確かにその理由なら、あの間島が手を出す理由も分かるな」

「その通りだ、正義感の強い間島らしい」

先輩方は完全に納得したらしく、うんうんと深く頷いています。

さて一方で私は、こう思っていました。

——やるわけないだろ、バカどもが。

センパイが？　女子を守るために？　かっとなって？　感情のまま人をぶん殴った？

今まで積み上げてきた全部をぶち壊して人を殴って、それで正義を遂行した気になったと？

そんなやっすい三文芝居じみた失敗を、あっさい武勇伝じみた間違いを、

——あの正しすぎるセンパイが、そんな昔の私みたいなこと、するわけないだろ。

「よし、じゃあ練習に……ん？　おい天神岡!?　どこ行くんだ！　まだ練習時間……！」

私は次の瞬間には、道着のまま格技場を飛び出していました。

そして——。

「センパイは大馬鹿野郎です！　センパイは……センパイは、私のことを裏切りましたっ!!」

間島センパイを、殴っちゃいました。

■高嶺(たかね)サキの章■

「……あっさい武勇伝止まりなら、よかったんです」

天神岡さんは遠い目で言います。

「女子を守るために、ついかっとなって生徒を殴った……それだけなら『ああ、センパイも私と同じ間違いをするんだな』なんて、思えたかもしれないのに……」

天神岡さんが足元の小石を蹴り上げ、暗闇(くらやみ)の中でぽちゃんと音がしました。

「センパイがあなたと付き合い始めたと聞いた時は、頭がおかしくなりそうでした」

「……どうして？」

「先に言っておきますが、嫉妬(しっと)ではありません、失望です」

「失望……」

「ええ、あなたに好意があったから助けたのか、それとも助けたあとに好意が芽生えたのかは分かりませんが、どちらにせよ間島センパイはあなたのために信念を曲げたのです。……そんな間島センパイ、見たくなかった」

「……」

「……今日のセンパイなんて、見てるだけで痛々しかったです」

天神岡さんがそこで初めてこちらへ振り向きます。

彼女の目は、夜の海の暗闇よりもはるかに濁っているように見えました。

「……あなたは空手部時代の間島センパイを知らないからなんとも思わないんでしょう？ あんなにカッコよかったセンパイが、あろうことかカッ、コ、つ、け、ていたんですよ？ 普通の男子みたいに、これ見よがしに……そんなどこにでもいる普通の人みたいな間島センパイ、見せてほしくはなかった」

「……天神岡さん、私は」

「お願いです、高嶺先輩」

天神岡さんが、私の言葉を遮って続けました。

「間島センパイに助けられて好きになってしまっただけなら――もう手を引いてください。誰でもいいのなら、ただ普通の恋愛がしたいだけなら、もうやめてください。これ以上あんなセンパイ見たくないんです。お願いだからセンパイを返してください」

「………」

静かで暗い夜の海に、しばらくの間、波の打ちつける音だけが響きました。

ざざあ、ざぷん、ざざあ、ざぷん。

私はゆっくりと口を開きます。

「……天神岡さんの言いたいことはよく分かりました」

私は深く頷（うなず）いて、彼女との距離を一歩ずつ詰めていきます。

「間島君を返してほしいんですよね？」

「え、ええそうです！　返してくださ……！」

天神岡さんが何を勘違いしたのか、ぱあっと表情を明るくしたので、私は――、

「えいっ」

――ぺちん、と。

彼女の頬（ほお）に、平手打ちをしました。

「……へ？」

天神岡さんがどこか間の抜けた声をあげました。痛みよりも驚きの方が強いようで、哀れになるぐらい目が泳いでいます。

「……天神岡さん、どうやら殴るのは得意みたいですが、殴られるのは初めてみたいですね」

殴った私も、心臓がバクバクいっていました。

なんせ誰かを殴るのなんて初めての経験ですから、仕方がありません。

そして――誰かを叱（しか）るのも、初めての経験でした。

「——間島君はアイドルじゃありません！」

「あい……どる？」

間島君のイメージとアイドルという単語が結びつかなかったからか、天神岡さんが目を丸くして繰り返しました。私は更に捲し立てます。

「間島君はもう絶対に、なにがあっても人を殴ったりしないので代わりに私が殴りました！まさかこんなばかばかしい話とは思いませんでしたよ！」

「ばかばかしい……!?　どうしてそんなことが！」

「ばかばかしいでしょう！　正義とか物語とか正しいとか悪いとか、そんな難しい言葉ばっかり使って！　私はてっきり——あなたが間島君と付き合いたいのかと思ったんですよ!?」

「付き合っ……!?」

ぼんっ、と。

暗闇の中でも分かるぐらい真っ赤に、天神岡さんの顔が紅潮しました。

「そ、それこそばかばかしいです！　私と間島センパイがつ、つつ、付き合うだなんて！　そんな恐れ多いこと、できるわけが——!?」

「——好きだから付き合いたい、と」

さっきのお返しに、今度は私が天神岡さんの言葉を遮ります。

「どうしても好きだから付き合いたい、だからあなたには間島センパイと別れてほしい、私の方が間島センパイを理解している、私の方が絶対に間島センパイを幸せにできる——そう言ってくれた方が、よっぽどよかったです。よっぽど嬉しかったです。それならお友だちになれたかもしれないのに」

「お友だち、に……？」

「——でもそんな理由ならお友だちにはなれません！　当然間島君とも別れません！」

……まぁ、もしも天神岡さんが間島君を好きなので譲ってくださいと言ってきたとしても、譲る気はまったくありませんでしたが、それはさておき。

天神岡さんは身を乗り出しました。

「どっ……どうして!?　どうしてですか!?」

「あなたがしっかりと間島君を見ていないからです」

「私が間島センパイを見ていない……？　あり得ない！　私はあなたよりも近くで、あなたよりも長く間島センパイを見てきたのに、どうしてそんなこと——」

そこまで言って、天神岡さんは口をつぐみました。

私が正面から目を合わせたためです。

彼女の夜の海のような瞳は頼りなさげにゆらめいて、そして……、

「……っ」

案の定、彼女は目を伏せました。

そしてその反応こそが、答えでした。

「あなたはただ眺めていただけですよ、天神岡さん」

「――！　あ、あなたに……！」

天神岡さんが肩をわななかせて、そして……

「――あなたに、なにが分かるんですか！」

どんっ、と。

天神岡さんの突き出した手が、私の肩に当たって、

「あっ」

その際、私は持っていたポーチを堤防の下へ落としてしまい、暗闇に呑み込まれたポーチがぽちゃんと音を立てました。

「あっ……！　せ、先輩すみま……」

「!!」

あのポーチの中には、間島君からもらったキーホルダーが――。

次の瞬間、私は、

「――っ！」

夜の海へ、飛び込みました。

飛び込む寸前、さかさまになった星空をバックに、驚愕に染まった天神岡さんの表情を見

ました。

■間島ケンゴの章■

——彼女らを見つけたのは、ただの偶然だった。

例の母子にサンダルを届けることができ、みんなの下へ戻ろうとしたところ……偶然、堤防の方へ歩いていく高嶺サキと天神岡クルミを見つけた。

なんの用だか知らないが、夜の堤防は危ない。

そう注意しようとしたところ、2人の間にどういうやり取りがあったのかは知らないが、高嶺サキが夜の海へ飛び込むのが見えた。

「た、高嶺先輩——!!」

だから、おれも。

悲鳴をあげる天神岡クルミの脇をすり抜けて——迷わず夜の海へと飛び込んだ。


……少し、昔の話をしようと思う。

おれが中学時代、一心不乱に空手に打ち込んでいたというのは、ご存じの通りだ。

毎朝毎晩、空手のことばかり考えていた。暇さえあれば拳を振るい、身体を鍛えた。

あの頃はよく聞かれたな。

どうしてそんなに空手に身を捧げられるのかと。

なにがきっかけで空手を選んだのか、と。

おれはそう聞かれるたびに、ずいぶんと返答に窮したものだ。

だって君たちが望むような答えを、おれは持ち合わせていない。

……なんでもよかったんだ。

あの頃は特に辛いことばかりで、頭を空っぽにして打ち込めることならなんでもよかった。

空手が強くなるにつれ、色んな人がおれのことを褒めてくれたが、そんなのはどうでもよかった。

重要なのは、一心不乱（いっしんふらん）に拳を打ち込んでいる間、何も考えなくていいということ。

新しいことを始めるのも、心を悩ませるのも、考えを改めるのも、たいへんに疲れる。

でも、空手をしている間だけは――大きな流れに身を任せている間だけは――誰も何も言ってこなかった。

だから空手に打ち込んだ。それを君たちが都合よく解釈しただけだ。

……そんな時に、彼女を見た。

「……や、やめませんか……？」

偶然だった。

偶然、その日は格技場の改装工事で、放課後早めに帰ることになり、

偶然、一人になりたい気分で、いつもとは別ルートから下校しようとした。

そしたら校舎裏で彼女の姿を見た。

――高嶺サキ。

言葉を交わしたことはないが、存在だけは知っていた。

第一印象は、いつも卑屈な愛想笑いを浮かべている気弱な女子。自分とは決して交わることがない一方で、どこか自分と似ている。

……どうやら、他のクラスメイトたちに絡まれているようだった。

「み、宮ノ下君だって、せっかく、成績いいのに……こんなことで内申に傷がついたりしたら……も、勿体ないですよね……？」

どういう状況かはいまいち分からないが、十中八九ろくでもないことだろう。

そのろくでもないことに巻き込まれそうになって、高嶺サキが弱々しく抗議している場面に見えた。

……いつも通り、卑屈に笑って流せばいいのに。

どうして彼女はあんなにも「疲れる」ことをする？

涙目で、声は震えて、今にも消えてしまいそうなぐらい怯えているのに……。

——結局、その後の彼女は、おれと同じく偶然その場に居合わせた瀬波ユウカの機転で助け出されていたが……。

瀬波ユウカが、もしくはおれが。

誰かが助けに入らなければ、彼女はどうするつもりだったんだろう？

おれはその日から彼女のことが気になり始めた。

教室でも彼女の姿を目で追うようになった。

そしてある日突然——彼女の目が、見られなくなった。

人の目が見られなくなるなんて、人生で初めての経験だった。

「どう思う？　姉さん」

あまりに不思議だったから、ある日、家に帰ってから姉さんに尋ねた記憶がある。

姉さんはくつくつ笑いながら答えた。

「人と真剣に向き合うと、普通まっすぐに目が見れなくなるもんだよ」

「？」

まるで矛盾したようなセリフに、おれは首を傾げた。

「……姉さんは違うじゃないか」

「大人は鈍くなるだけ、真剣なのはいつだって若い子らだよ」

「……？」

姉さんはなんでも知っている。

しかし姉さんはなんでも知りすぎていて、時々おれには分からないようなことを言う。

だから、確かめたかったのかもしれない。

だから、宮ノ下に絡まれている高嶺サキを見つけた時……。

「――助けてください!!」

「分かった」

迷わず、彼女を助けたのかもしれない。

彼女のことを知りたかったから、彼女の目の、目の秘密を知りたかったから。

さて、世の中は分からないことばかりである。

しかし、
暗く、まとわりつくような海中で、
きらきらと輝く、宝石のような彼女の目を、目を見つけた時、
少しだけ何か分かったような気がした。

■高嶺サキの章■

「——高嶺サキっ！」

鉛のようなまどろみの中で、
最初に聞こえたのは、彼の声でした。

「……？　げほっ」

私の意思とは関係なく、鼻と喉の奥でしょっぱい水が弾けます。

……あれ？　私、夜の海に飛び込んで……？

なにがなんだか分からず、ひとまず重たい瞼を開くと……とても珍しいものを見ました。

「間島……君？」

あの、いつもしかめっ面の間島君が、今までに見たこともないぐらい心配そうな表情で私の顔を覗き込んでいるのです。

自分自身もずぶ濡れなのに、そんなこと、全く意にも介さない様子で。

「だっ、大丈夫か!?　意識ははっきりしているか!?　すぐに引き上げたがいくらか海水を飲んでいたようで……！」

「うわぁぁぁぁ————ん!!!!　高嶺先輩ごめんなさい————っっ!!」

なんだかすごい声がするので、そちらへ目をやると……あの天神岡さんが堤防にぺたんと座り込んで、大声で泣いていました。

その、周りの目をはばからない見事な泣きっぷりが、なんだか愛おしくて。

私はつい海水に濡れた手で、彼女の頭を撫でてしまいます。

「……大丈夫、大丈夫、大丈夫ですよ」

優しい声で囁きました。

大丈夫……そう、大丈夫なんです。

私のもう片方の手の内には、しっかりと例のポーチが握られているわけですし。

それになにより、私は最初から信じていたんですから。

「……カッコいい間島君は、いつだって私のことを助けに来てくれるって……」

そう言って微笑みかけると、間島君は安堵からようやく肩の力を抜いて……しかし、すぐに哀しそうな表情になります。

「どうか……しましたか？」

「……もっと早く話すべきだった。高嶺サキ、おれは君が思うような立派な人間じゃない」

「どういう意味ですか……？」

「おれはただ……自分に自信がなかっただけなんだ」

間島君はいかにも痛切に、自らの心中を吐露します。

「おれは徹頭徹尾(てっとうてつび)、君のためを思って行動しているつもりだったが……違うんだ。おれはただ、普通ではない自分に自信がなかった。だから必要以上に君の反応を気にした……」

「……」

「失望されたくなかった、幻滅されたくなかった、もしもそれで君に嫌われたらと思うと、怖くてたまらなかった。おれはただ、自分が傷つきたくなかっただけで──」

「──間島君」

「っ……」

私は彼の言葉を遮(さえぎ)って、その頬(ほお)に手を添えました。

ずいぶん長いこと思い悩んでいると思ったら、まさか、そんなこと。

私は耐え切れなくなって、思わず吹き出してしまいました。

「高嶺サキ……？」

「間島君、」

そして私は、もう一度彼に微笑みかけるのです。

「──それって、超フツーのことですよ」

おわりに

■間島ケンゴの章■

「……本当に大丈夫か？」

夜、自転車を押しながらの帰り道。

おれは何度目になるのかも分からないその問いを、隣で同じように自転車を押して歩く高嶺サキへと投げかけた。

「夜の海はとにかく視界が悪い、特にあそこは堤防だ。落ちた際、フジツボや貝殻などで知らず知らずのうちに肌を切っているというケースもあり、その場合は……」

「……その場合は？」

「病院での精密検査をお勧めする」

「もーっ！　だから大丈夫ですって！」

高嶺サキはリスみたく頬をぱんぱんに膨らませて、いかにも「怒ってますよ」風だ。

「何度も言いますが、私自身どこも痛くありませんし、ユウカちゃんも改めて全身チェックしてくれたんだから問題ありませんって！」

「しかし、なにかあってからでは……」

「だ・い・じょ・う・ぶ・で・すっ！　もう……お父さんより心配性なんですけど……」

「それは……誇らしいな」

「まんざらでもないんですね……」

「……天神岡(てんじんおか)クルミと、何かあったのか？」

「……いえ？　別に何も」

「そ、そうか？」

「ただ、じゃれ合っていたら私が海にポーチを落としてしまっただけです」

高嶺サキがさらりと答えるので、おれはほっと胸をなでおろした。

遠くから見た時、２人が口論をしていたように見えたものだから、もしや天神岡が何か粗相を働いたのではないかと心配していたのだ。

「それならよかった、天神岡クルミは少し思い込みの激しいところがあるが、まあそれほど悪いヤツではない……アホだが。できれば君とは仲良くしてほしかったんだ」

「ご心配なさらず、ちゃんと仲良くなれますから。それに案外、私と天神岡さんって気が合うんですよ？」

「そうなのか？」

「ええ」

意外だ。

おれはてっきり高嶺サキとは真逆のタイプかと思っていたが……。

やはりおれは、色々と疎い。

「……」

いったん会話が途切れて、高嶺サキがおもむろに夜空を見上げる。

おれも真似をして見上げてみると、満天の星たちが瞬いていた。

街灯なんてほとんどないが、夜はかすかに明るい。

上村の数少ないいいところである。

「……今日は本当に楽しかったです」

「まったくだ」

今日は色々と……本当に色々なことがあったが、それだけは自信を持って言い切れる。

バーベキューにスイカ割り、ビーチバレー、砂の城づくり……。

少し変則的だが、海水浴もした。

今まで夏休みに対して特別な感情を抱いたことはなかったが――なるほど、これは皆が楽しみにするわけだ。

「来年もまた、２人で来れたらいいな」

「……」

「……どうした？」

「なんで……そういうカッコいいことはさらっと言えちゃうんですかね……」

「今のおれはカッコいいことを言っていたのか!?」

「聞き返すところはカッコよくありません」

「うーん、カッコいいとは難しいな」

「何回も言ってるじゃないですか、そんなことしなくたってカッコいいんですって間島君は」

「おれは正直そうは信じられないのだが……」

しかし、まあ、

「君を信じることにするよ」

「そうしてください」

再び、２人の間に沈黙が横たわる。

静寂の中で、２台の自転車のタイヤのカラカラ回る音がやけに心地いい。

「……でも」

高嶺サキが、目を伏せたまま言う。

「カッコつけようとして、私のために色々頑張ってくれる間島君は、すごく可愛かったです」

「可愛い……？」

この時のおれの複雑すぎる心境ときたら、一言では言い表わしようがない。

カッコいいところを見せようとしたのに「可愛い」？

……可愛い？　おれが？

それはあの、子犬やら赤ん坊やらに言う「可愛い」と同義の「可愛い」なのか？

わからん、なにも分からん。

聞き返そうにも、高嶺サキは何故か顔を伏せたまま一向にこちらと目を合わせてくれないし。

信じると言ったばかりだが……少し難解すぎるぞ、高嶺サキ。

などという風に、おれが思考の迷宮で彷徨っていると……。

「……あ」

と声をあげ、ふいに、高嶺サキがその場に立ち止まった。

おれも真似をして立ち止まる。

彼女の視線の先には……闇の中で煌々と光を放つ、自動販売機があった。

喉でも乾いたのだろうか？

そう思って高嶺サキの方を見ると、彼女は……どういうわけか、わざとらしく肩を抱いて、

「あ～海に落ちたせいでしょうか、身体が冷えてきましたね」

「なっ、大丈夫か!?」

「ダメかもしれません、指先がかじかんできました」

「すっ、すぐに……！」

すぐに、温かい飲み物を買おう。

そう言いかけて、おれはこのデジャヴに気が付いた。

……待て、前にもこんなことがあったな、確か初デートの帰りに……。

あの時のおれは、身体の冷えた彼女に温かい飲み物を買ってきて、それで何故か機嫌を損ねたような……？

おれは高嶺サキの様子を窺う。

彼女は指がかじかむのか、これ見よがしに手指をこねくりまわしており……。

「あっ」

——おれは咄嗟に、彼女と手を繋いだ。

「……そういうことです」

そう言って、悪戯っぽく笑う彼女の指は、あの日手渡したホットドリンクよりも温かく。

おれは心の中で、なるほどこれか、と納得した。

はじめに

■平林キーコの章■

すっかり日も沈んで1日の終わり、みんなで帰り支度をしていた時のこと。

「う、うう……私のせいで、高嶺先輩と間島センパイが……」

「まだぐじぐじ言ってんの？　サキサキはもう気にしてないって言ってたじゃん、見た目と違ってメンタル弱いねェ。ほらさっさと自転車乗って、帰るよ」

チワワみたく目をうるうるさせる天神岡さんを、瀬波さんが適当にいなしている。

「あ——気持ちよかった——」

「ボク今年のストレス全部消えたかも……」

「今度またケンゴを海に呼んで、もっと立派な城を作ってもらおう」

「次は砂で朱鷺メッセを作ってもらうってどーよ」

「タツキ、お前頭いいな……」

荒川君と岩沢君のいつもの2人組は、なんだかすっかり毒気の抜けた顔で、ゆるゆるとお喋りをしている。

腑抜けの岩沢君も可愛いな……なんて思っている余裕は、実は今の私にはなく。

――もう、限界だった。

「ご、ごごごめん！　私先に帰るからっ！」

「え」

私は皆が呆けているうちに自転車へ跨って、一目散にその場を走り去った。

夜風を切って走っていると、お腹が低いうなりをあげて、私は切ない気持ちになる。

「お腹空いた……！」

私が今日一日どれだけ、どれだけこの腹の虫を黙らせるのに必死だったか！

その努力はまさに筆舌に尽くしがたい。

――やっぱり、あの時いっぱいお肉を食べておくべきだった！

あの時食べなかったせいで！　あの時岩沢君に「少食キャラ」でいってしまったせいで！

後半は人が食べている焼きそばだの焼きトウモロコシだのを指を咥えながら見ているだけで、岩沢君に特にアピールもできないまま一日が終わってしまった！

なにが少食女子だ！　なにがとある雑誌のアンケートだ！　女子高生の消費カロリーが、あんな量の食事から捻出できるわけがない！

「恋愛ビジネスしてるヤツなんか全員○ねっ！」

うう、お腹空きすぎてイライラしてきた！

というかもう、気持ち悪い……眩暈がする。

家までは自転車でまだ20分以上かかる。絶対に耐え切れない、それまでに空腹で倒れる、その自信がある。

だったらどうする!? 考えろ恋愛クリエイター・mori! このペダルのように頭を回転させろ!

そう思ってしゃかしゃかペダルをこいでいると……前方に、煌々と光を放つソレが現れた。

「あっ!!」

夜空を切り裂く凄まじいブレーキ音。

ああ、まさにこれぞ天の恵み、九死に一生、蜘蛛の糸……。

「こ、コンビニ……!」

どこにでもあるコンビニエンスストアが、今だけは後光を放っているように見えた。

私は急いで自転車を停めて、気持ち早足で光の中へ駆け込む。

今の私ほど、目を輝かせてコンビニへ入店してきた客はいないだろう。

頭の中に無数の食べ物が浮かんでくる。

おにぎり、サンドイッチ、菓子パン、ホットスナック、お弁当、カップラーメン、スナック菓子、どうしよう、どれにしよう――。

ところで財布を落としたことに気がついたのは、散々迷った挙句カップ焼きそばをレジに持っていってからのことだった。

「……」

コンビニの前にしゃがみこんで、天を仰ぐ。

世界を呪うことにも飽きて、無駄に明るい星空を眺めることで空腹をまぎらわそうとしているわけだけど……。

いかんせん、一度期待を裏切られたばかりに腹の虫は大暴れ。宿主への殺意すら感じるレベル。

もう一歩だって動けそうにない。

「……私はここで死んでしまうのか」

ぽつりと呟いたけど、もちろん答えてくれる人はいない。どこか遠くでカエルが鳴くばかりだ。

むなしくなって膝に顔を埋める。

……貴重な恋愛クリエイターのかけがえのない頭脳が今まさに失われようとしている。

今まで多くの輝かしい恋愛を助けてきた私が、こんなド田舎のコンビニ前で、そのへんに転がってる蛾とかカナブンみたく、あっけなく果てていく……まったく神も仏もいないのか……

ああ、なんにせよ。

「おなか、減ったな……」

「──やっぱ足りてないじゃん」

……初めは、空腹のあまり都合のいい幻聴でも聞こえたのかと思った。

でも、違う。

「!?」

私は慌てて顔を上げる。

すると、なんと、本当に、彼がそこに立っているじゃないか。

岩沢(いわさわ)君が、まるで少年のような悪戯(いたずら)っぽい笑みを浮かべながら、私を見下ろしているじゃないか。

「い、いいいい岩沢君っ……どうして……!?」

「なんか様子が変だったから追いかけてきたんだよ。……そもそもこんな暗いのに女の子一人で帰らせるわけないじゃん」

「ご、ごめんなさ……」

気を抜いたせいだろう、腹の虫がここぞとばかりに「ぐるる」と鳴いて、私はたちまち赤面した。

「あのっ、いやっ、ちが、これは……」

「はいっどーぞ」

必死で弁解しようとした私に、岩沢君があるものを差し出してくる。

それは……海の家で買ったのだろう。透明なパックに入った焼きそば。

「スイカ割りの時カッコいいって言ってくれたお礼」

そう言って、彼はやっぱり、子どものように無邪気な顔で笑った。

その笑顔を見たら、自然と、私の口が動いて――。


「――好きです」

「えっ」

了

おまけ

「……」

パラソルの下、ビーチに寝そべった私は、スマホをいじりながら2人の様子を覗き見た。

どうやら風紀オバケ様はサキサキと一緒に砂のお城を建設中らしい。

……てか砂の量やば、どんだけデカい城作るつもりなのさ。

ま、なんにせよ、

「わりかし、うまくやってるじゃん」

多少、間島君が空回りしているようなきらいはあるけれど……それを差し引いても、2人ともよくやっている。私たちがフォローする必要がまったくない程度には。

まあ私としてはそっちのほうが楽でいいけどねェ。

なんて思いながら、スマホをいじっていると……

「──ねえユウカちゃんこれ見て!!」

……またきた、うるさくてでかいのが。

私が溜息を吐いてそちらを見ると……なにがそんなに楽しいのか、満面の笑顔で、すぐそばに荒川リクが立っていた。

「でっっっかい昆布とれた！　すごくねこれ!?　布団にできるよ」

「あーはいはい、すごいすごォい、持って帰って味噌汁にしな」

「えっ!?　…………アリだな」

アホがアホなことを検討している間に、私はその場を離れた。

こちとらせっかくでっっっかいお子様から解放されたばかりなんだ、少しぐらい静かに休ませてよ。

燦々と照り付ける太陽の下、浮き輪の上に寝そべって波間をぷかぷか揺れていたら。

「──ねえユウカちゃん！」

「ドュワァッッ！?！?」

突然、水中からざばあっと荒川リクが現れて、私はおおよそ女子があげてはいけない悲鳴をあげてしまった。

し、心臓が……！

「これ見て！」

「またアンタかァ!?　今度はなに!?　何見せに来たの!?」

「でっっっけぇクラゲ！　ほら！」

「そんなもん見せに来るなァっ！」

「へぶっ！」

思いっきり、荒川リクの顎に蹴りを入れた。

海中へぶくぶく沈んでいく荒川リクを放っておいて、私は泳いで岸へ戻る。

まったく、休ませてくれっての！

「——ねえユウカちゃん！　これ見て！」

私はいよいよ全身が萎みきってしまうんではないかというぐらい、大きな……大きな溜息を吐きだした。

振り返ると、荒川リクが相変わらずのアホ面を晒して、少年のように目を輝かせている。

本当に、ただただ疑問なんだけど……

「……なんで私にばっか構うの？」

「？」

ああ、その子犬みたいな、本当に何も分かってなさそうな顔……

私はもう一度溜息を吐き出す。

「前から思ってたけど……私とあんた、ほぼ初対面だよね？　それなのに何度あしらっても絡んできて……他に構ってくれる女子がいないから？」

自分でも少しキツイ言い方だと思ったが、これぐらい言わないと伝わらないと思った。

「改めて聞くけど、なんで私にばっか構うの？」

しかし――荒川リクは変わらず満面の笑顔で答えた。

「だってユウカちゃん、いっつもみんなに気を使って疲れてるのに、誰からも気ぃ使われなかったら可哀想じゃん？」

「……！」

「だから遊ぼうよ！　気疲れした時には遊ぶのが一番だよ！」

にっかりと、太陽よりも眩(まぶ)しく笑う彼。

……なるほど、単なるアホだと思ったけど、周りのことよく見てるみたい。

そんな気遣いに不覚にも……いや、これは言うまい。

「……しょうがないなァ、ちょっとぐらいなら付き合ってやる」

私は、どうしようもなく単純な自分に苦笑した。

「……で？　今度はなに見つけたのさ」

「海外のエロ本!!　エッグいやつ！」

――その直後、上村(かみむら)ビーチで、おおよそ女子がしてはいけないような、本気の蹴りが炸裂したのはもはや言うまでもない。

ガガガ文庫11月刊

俺、ツインテールになります。21 ～メモリアル・ツインテール～

著／水沢 夢

イラスト／春日 歩

散発的に襲来する"野良エレメリアン"と戦いを続けるツインテイルズの前に現れた、20年後の未来からの使者。その少女は観束総二の娘を名乗る……!? 「俺ツイ」10周年にテイルレッドたちがちょっとだけ帰ってきた！

ISBN978-4-09-453095-7（ガみ7-29）　定価759円(税込)

恋人以上のことを、彼女じゃない君と。

著／持崎湯葉

イラスト／どうしま

仕事に疲れた山瀬冬は、ある日元カノの糸と再会する。愚痴や昔話に花を咲かせ友達関係もいいなと思うも、魔が差して夜を共にしてしまう。頭を抱える冬に糸は『ただ楽しいことだけをする』不思議な関係を提案する。

ISBN978-4-09-453096-4（ガも4-3）　定価682円(税込)

ここでは猫の言葉で話せ3

著／昏式龍也

イラスト／塩かずのこ

夏休み、それは元暗殺者のアーニャにとって未知の領域。射的、かき氷、浴衣、水着……女子高生アーニャが夏イベントを迎え撃つ！　一方で、新たな少女・凛音との出会いがアーニャの運命を大きく変えようとしていた。

ISBN978-4-09-453097-1（ガく3-6）　定価660円(税込)

高嶺さん、君のこと好きらしいよ2

著／猿渡かざみ

イラスト／池内たぬま

ついに恋人同士になった高嶺さんと間島君！　しかし初めての男女交際に迷走中のカタブツ風紀委員長、そこへ過去の間島君を知る後輩ちゃんまで現れて……!?　小難しいことは抜きにして夏だ！　海だ！　水着回だ！

ISBN978-4-09-453098-8（ガさ13-9）　定価682円(税込)

両親が離婚したら、女社長になった幼馴染お姉ちゃんとの同棲が始まりました

著／shiryu

イラスト／うなさか

この春、両親が離婚した。そんな僕の前に現れたのは、昔隣に住んでいたお姉ちゃん。しかも今は社長をしていて、一緒に暮らして僕を養ってくれるって!?　急に始まった同棲生活、いったい何が始まるのだろうか——！

ISBN978-4-09-453100-8（ガし8-1）　定価682円(税込)

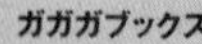
ガガガブックス

ハズレドロップ品に【味噌】って見えるんですけど、それ何ですか?3

著／富士とまと

イラスト／ともぞ

酒呑童子を倒したリオたちは、力不足を実感していた。サージス、シャルが修行するなか、リオは厄災対策のため海ダンジョンの書庫へ向かう。そして今回も、うなぎ、小倉トーストなど美味しいものが盛りだくさん！

ISBN978-4-09-461163-2　定価1,540円(税込)

塩対応の佐藤さんが俺にだけ甘い

著／猿渡(さわたり)かざみ

イラスト／A(あ)ちき

定価：本体611円＋税

「初恋の人が塩対応だけど、意外と隙だらけだって俺だけが知ってる」

「初恋の人が甘くて優しいだけじゃないって私だけが知ってる」

「「内緒だけど、そんな彼（彼女）が好き」」両片想い男女の甘々青春ラブコメ！

両親が
離婚したら、
著Shiryu
画うなさか
女社長になった
幼馴染お姉ちゃんとの
同棲が始まりました
Onna
syatyou
×
Osananajimi
Ane
GAGAGA

GAGAGAGAGAGAGAGAGAGA

負けヒロインが多すぎる！

著／雨森（あまもり）たきび

イラスト／いみぎむる
定価 704 円（税込）

達観ぼっちの温水和彦は、クラスの人気女子・八奈見杏菜が男子に振られるのを目撃する。「私をお嫁さんにするって言ったのに、ひどくないかな？」これをきっかけに、あれよあれよと負けヒロインたちが現れて——？

GAGAGA

ガガガ文庫

高嶺さん、君のこと好きらしいよ2

猿渡かざみ

発行　2022年11月23日　初版第1刷発行

発行人　鳥光 裕

編集人　星野博規

編集　小山玲央

発行所　株式会社小学館
〒101-8001 東京都千代田区一ツ橋2-3-1
[編集]03-3230-9343　[販売]03-5281-3556

カバー印刷　株式会社美松堂

印刷・製本　図書印刷株式会社

Printed in Japan　ISBN978-4-09-453098-8